AF448715

Tatiana Fomina

La Nube di Magellano

Storia di una colonizzazione

Questo libro è dedicato
a coloro che non fanno il minimo sforzo per
comprendere il "perché"
alcune persone a volte sembrano degli alieni,
a chi non si accorge di quanto è
bella la diversità degli esseri umani
e a coloro che non ricordano che
dentro il brutto guscio della crisalide
c'è sempre una farfalla.

Tatiana Fomina 11.11.2020

IKIGAI

Era insolito anche tra gli insoliti. La sua atipicità, probabilmente, era dovuta all'eccessiva esposizione alle radiazioni gamma. La famiglia K abitava da sempre su una collina, posizionata a ridosso di una vasta pianura, e K111- così si chiamava - stava proprio lì in cima, dove il sole non smetteva mai di battere durante le lunghe trentasei ore diurne.

Si era accorto della sua anomalia solo di recente, quando, facendosi un approfondito autoesame, divenne consapevole dell'esistenza di alcune mutazioni nel proprio DNA, ma la cosa stavolta non lo aveva minimamente turbato, anzi, gli piaceva troppo come era diventato e voleva indagare sulla questione, clonandosi per la prima volta e trasmettendo i geni mutati ad alcuni suoi discendenti, gli esponenti di K111.

Aveva nascosto l'eccezionale scoperta a tutti, condividendola soltanto con un suo fidato vicino di casa della famiglia S. Inizialmente i due avevano stretto una sorta di legame scientifico intellettuale, diventando con il tempo amici, specialmente dopo che S412 aveva inserito nel suo genoma i due alleli mutati di K111 a scopo sperimentale, per comprendere meglio le sensazioni da lui provate.

Alcuni ragionamenti che l'amico faceva ultimamente non gli sembrarono avere molto senso, al punto che S412, preoccupandosi, gli consigliava sempre più spesso di spostarsi più nell'ombra e di sostituire almeno alcuni degli alleli più danneggiati, responsabili di questa sua alterazione sensoriale, come lui stesso la chiamava. Ma K111 non aveva alcuna intenzione di 'ripararsi', giacché la sua diversità gli piaceva, lo faceva sentire addirittura più evoluto, in special modo quando ascoltava le chiacchiere degli altri suoi pari, captando le loro onde elettromagnetiche: erano monotoni, 'rimasticavano' lo stesso discorso sull'esplorazione, sui nuovi alleli scoperti, le mutazioni più interessanti, le riparazioni, gli inserimenti e gli adattamenti. Le loro conversazioni erano incentrate da sempre su ciò che riguardava loro stessi e il loro stato attuale, niente di più.

I ragionamenti di K111, dopo quelle gravi mutazioni, andavano oltre e spesso prendevano una direzione ben specifica: si domandava qual era il motivo della loro esistenza, quale scopo avesse il ripararsi e modificarsi di continuo. Lui non trovava più soddisfacente il semplice adattarsi tutta la vita al cambiamento dell'ambiente, perché era lo stesso che, da migliaia d'anni, facevano anche il muschio grigio, le alghe marine - gli abitanti più antichi del pianeta - e quelle altre poche forme di vita, come alcuni batteri, nati dopo di loro. Solo che nessuno possedeva la stessa forma d'intelligenza che avevano gli ikigiani. Quindi, quale importanza avesse il loro incessante adattamento il piccolo filosofo non riusciva a capirlo. Dove erano diretti gli ikigiani? Nella stessa direzione del muschio grigio? Tutto questo non sembrava avere molto senso…

K111 parlava di frequente di ciò con S412, ma l'amico non riusciva a comprendere dove fosse il problema e gli consigliava sempre di nascondere agli altri la sua evidente follia, per non essere sottoposto a riparazioni forzate.

Nel percepire il mondo attorno a lui, tramite contatto sinaptico con gli altri, a K111 capitava di arrivare fino all'oceano e, captando il leggero brontolio dell'acqua sotto le gigantesche foglie delle alghe, dimenticava per un istante chi fosse e volava con la fantasia da qualche parte in mezzo a sgargianti colori provando un'inspiegabile nostalgia. Non c'era niente di simile nel luogo dove lui viveva e perciò era molto plausibile che quei colori fossero soltanto un effetto della grave mutazione che K111 non avrebbe riparato per niente al mondo. Altre volte, perso nei propri pensieri, si staccava dalla realtà caotica delle instancabili comunicazioni che lo circondavano, e si trovava a correre, guardando delle immagini inconsuete slittargli davanti.

Non riferiva mai queste esperienze a S412, rendendosi conto della profonda anormalità del suo stato, ma voleva scoprire cosa realmente gli stesse succedendo, se fossero soltanto gli effetti negativi della mutazione o se la mutazione stessa avesse cambiato qualcosa di radicale in lui, concedendogli tra l'altro il diritto di creare un proprio nucleo letterale. Immaginava di chiamarsi per esempio 'Z', diventando un po' più importante nella piccola gerarchia del suo popolo.

Doveva a ogni costo risolvere quell'enigma e l'unico modo era studiare a fondo il proprio DNA, specialmente le parti mutate, indisturbato dalle continue chiacchiere degli altri ikigiani.

Tutti sapevano che l'inizio della loro esistenza aveva preso le mosse da due spezzoni di DNA differenti uniti insieme, che avevano formato una catena del tutto nuova e abbastanza particolare, a confronto della vita che li circondava. La cellula neonata non soltanto si era salvata dagli attacchi costanti delle radioattive onde gamma, ma si era duplicata, trasformandosi in una cellula con un eccezionale DNA, molto insolito, mai esistito prima da nessuna parte dell'Universo, perfettamente funzionale al rigido ambiente in cui doveva vivere: era nata una molecola auto-biocostruttrice, in grado di auto-modularsi, inserendo, modificando e cambiando parte del proprio DNA, e copiando e utilizzando, se necessario, anche i geni di qualsiasi altro organismo presente sul pianeta in quel periodo. Inizialmente questa strategia era dovuta all'istinto di sopravvivenza e di adattamento all'ambiente, ma dopo era diventata un'attività motivata dall'insaziabile, quasi compulsivo, bisogno di perfezionare il proprio corredo genetico e migliorarsi.

Un giorno, una di queste super-molecole, scoprendo un grave danno a uno dei suoi geni e provando terrore al solo pensiero di poter smettere di esistere, di morire, era diventata consapevole della propria vita e, subito dopo essersi riparata, si era clonata in fretta per precauzione. Così, dall'idea della morte era nata la coscienza su Ikigai e come obiettivo dei nativi, la sopravvivenza, che li portò a voler sapere di più di se stessi e dell'ambiente circostante.

La capacità di adattamento, che aveva permesso agli ikigiani di sfuggire alla morte in un ambiente ostile quale era quello di Ikigai, era dovuta al fatto che selezionavano da millenni le sole caratteristiche che gli permettevano il miglior adeguamento possibile. I geni mutati, dunque, si tramandavano soltanto se risultavano davvero utili per la famiglia letterale di appartenenza, e, quando i cambiamenti dovuti alla mutazione erano radicalmente diversi da qualsiasi altro modello di cellula in loro possesso, alla famiglia veniva assegnato un nome con una lettera successiva.

In questo modo gli ikigiani ampliavano sempre più il proprio corredo genetico, mantenendo una compatibilità ambientale molto elastica e adattabile a qualsiasi evento. La cellula letterale, cioè identificata con una nuova lettera, si clonava a sua volta, trasmettendo alle cellule figlie la nuova mutazione e dando ai nuovi nascituri il proprio nome seguito da un numero, per esempio Z1. Per le piccole modifiche delle cellule numerali, invece, esistevano gli esponenti: cellule dal nome composto dalla lettera principale, donatrice della nuova mutazione, da un numero e da un esponente ($Z1^{01}$).

Gli ikigiani erano ovunque su Ikigai ed erano dei gran chiacchieroni: divulgavano qualsiasi informazione, ogni scoperta, ogni modifica radicale andata a buon fine e le nascite dei nuovi 'nuclei' letterali tramite onde elettromagnetiche che ricoprivano l'intero pianeta come una sorta di 'scudo' elettrico a bassa intensità.

Conservavano ogni minima notizia grazie al trasferimento di ricordi cellulari - come se venissero memorizzati in una piccolissima schedina di memoria, ma biologica, basata sull'RNA - capacità ereditata molto tempo prima da uno degli spezzoni di DNA che gli aveva donato la vita.

In questo modo gli ikigiani tramandavano il loro sapere millenario da una cellula all'altra, raccogliendolo in un enorme database e archiviando accuratamente tutto. Anche se i loro ricordi erano quasi identici, si percepivano diversi dagli altri, si differenziavano per le piccole esperienze vissute che insieme a ragionamenti e a pensieri individuali costituivano il proprio 'Io'. Era un popolo inconsueto, ben organizzato e composto da centinaia di miliardi di esseri coscienti.

K111 iniziò le indagini con la semplice osservazione del proprio DNA, cercando di mantenere la mente libera dai condizionamenti di quel sapere che da generazioni avevano accumulato gli ikigiani, e scoprì immediatamente una insolita anomalia nella struttura. La guardò da prospettive differenti e alla fine decise di consultarsi con tutti i suoi esponenti, K111[01] fino a K111[20], i quali confermarono ciò che lui aveva notato. Emozionato, cercò di far vedere l'anomalia anche al suo amico, ma S412 non lo volle nemmeno ascoltare, gli disse anzi che lui e il suo branco di discendenti erano completamente folli perché facevano ragionamenti e lunghissimi dibattiti su strani argomenti che 'sussurravano' di continuo a bassa frequenza; era un rumore elettrico persistente e fastidioso che non riusciva a tollerare, per questa ragione gli chiese di non trascinarlo in quella paranoia.

Forse K111 era folle veramente, ma quella follia lo spingeva a cercare delle spiegazioni a quelle visioni e a sensazioni singolari che sperimentava, a convincersi dell'importanza di quella ricerca.

Era sicuro che il suo stato attuale fosse la chiave di qualcosa che gli ikigiani avevano da sempre trascurato, un elemento di fondamentale rilevanza per comprendere il vero scopo della loro esistenza. Diventò molto più curioso degli altri, più paziente e determinato; occupò la maggior parte del suo tempo a esplorare a fondo tutti i dati raggiungibili e i vecchi ricordi, compressi e immagazzinati in specifiche molecole di RNA, e, a poco a poco, trascinò dentro la ricerca anche S412. Era così preso da quel suo studio che si dimenticava di frequente di confermare le ricezioni degli aggiornamenti inviati per tutti, ma in compenso fece alcune interessanti scoperte. Si imbatté in tante nuove informazioni senza capire come mai a nessuno fosse venuto in mente d'indagare negli antichi archivi o almeno di prestare più attenzione ad alcuni fattori del tutto evidenti, come la stessa difformità nella struttura del loro DNA: uno dei due spezzoni aveva infatti una forma di doppia elica ed era incredibilmente differente da qualsiasi altro filamento di DNA a tripla elica presente sul pianeta. L'anomalia saltava subito agli occhi, proprio nel punto di congiunzione dei due pezzi. Come mai nessuno fino a quel momento si era incuriosito del perché e di come fosse successo? Era fin troppo palese che il genotipo del suo popolo, composto dal DNA del muschio grigio e da un altro frammento ignoto, non appariva per niente ordinario! Perché nessuno si era mai domandato da dove diamine provenisse quello spezzone irregolare? Eppure usufruivano di quel misterioso filamento. Gli ikigiani con il tempo riuscirono a decodificare e a usare per le proprie necessità il 20 per cento dei geni, ma il restante 80 per cento era come fosse in uno stato di ibernazione, presente ma inutile; sembrava quasi che non portasse alcuna informazione e fosse privo di qualsiasi funzione.

Ma questo non aveva alcun senso, ogni cosa ha o ha avuto una funzione! Era una certezza quasi matematica, ragionavano K111 e tutti i suoi cloni, K111^{01} fino a K111^{20}, che ognuno di quei geni apparentemente inutile, in realtà avesse un ruolo fondamentale e che la scoperta del suo funzionamento li avrebbe aiutati a capire da dove era arrivato e a chi o cosa appartenesse quel filamento di DNA. Così K111 finalmente avrebbe chiarito lo strano stato in cui si trovava, dato che le mutazioni responsabili erano posizionate proprio in quello spezzone, e qualcosa gli diceva che gli ikigiani avrebbero potuto scoprire chi fossero veramente!

Fino a quel momento si era pensato che quelle catene fossero residui di pseudogeni, che sarebbero scomparsi nel corso dell'evoluzione, ma non accadde: dopo ogni clonazione, quei frammenti di DNA 'ibernati' si trovavano sempre al loro solito posto.

Quindi, il popolo di Ikigai, per dare almeno una sorta di spiegazione a quel fenomeno, concordò sul fatto che quei geni ibernati fossero una specie di riserva genetica, anche se erano consapevoli che andasse contro ogni logica evoluzionista, perché per la replicazione di quei 'geni-spazzatura' veniva sprecata della preziosa energia.

K111 e i suoi cloni, trovandosi in disaccordo con gli altri, iniziarono la loro ricerca proprio da quei geni: l'evoluzione non fa mai nulla per caso o per errore e non avrebbe creato una 'riserva' dell'80 per cento, era ridicolo soltanto pensarlo. Era chiaro che ognuno di quei geni dovesse avere un suo compito preciso, bisognava soltanto cercare meglio. E proprio lì, in quella 'riserva', iniziando a 'scavare', K111 trovò, senza particolari difficoltà, i cromosomi X e Y, conservati con cura dalla natura, e, non essendo in grado di spiegare il loro possibile utilizzo pratico, continuò lo scrupoloso sezionamento dei filamenti. Entrò negli archivi più cavernosi della memoria, arrivando a livelli quasi preistorici, lesse una riga dopo l'altra senza sapere di preciso cosa stesse cercando, ma l'istinto gli diceva di andare ancora più in profondità. Trascorse così tanto tempo senza entrare in contatto con nessuno, da far preoccupare persino alcuni nuclei, ma S412 disse a tutti che K111 stava lavorando a un suo progetto, in modo tale che lo lasciassero in pace.

Gli anni passarono, anche se per gli ikigiani il tempo non aveva alcun significato reale, non lo percepivano e non lo conoscevano: la loro vita orbitava attorno a concetti ben diversi. Molti aggiornamenti importanti e modifiche interessanti, nel frattempo, vennero approvati e inseriti nella struttura cellulare del popolo di K111 durante la sua assenza.

Un giorno S412 finalmente sentì, attraverso il contatto sinaptico, il suo vicino sparito da un po': "Ti manderò alcune coordinate dell'archivio della memoria. Voglio che veda di persona, non sono più molto sicuro di essere lucido e di aver visto realmente quello che ho visto, mi sento più squilibrato che mai, confondo le mie fantasie con quello che sto effettivamente osservando e vorrei che tu mi confermassi l'esistenza di ciò che vedo.

Tutti i miei esponenti la vedono, ma noi non siamo molto diversi, quindi vorrei una tua convalida."

S412, incuriosito, confermò la ricezione dei dati e scomparve anche lui per alcuni giorni, rendendosi irraggiungibile.

L'informazione era salvata in archivi compressi, composti ulteriormente da altri archivi compressi da moltissimo tempo, e S412 si trovò a osservare una cosa senza senso, tanto che avrebbe detto si fosse trattato di uno dei soliti deliri raccontati da K111 se non lo avesse percepito come reale davanti a sé. Frammenti di immagini invasero S412: provò a primo impatto una sensazione di benessere mai sentita prima in modo simile, uno strano stato di felicità, e poi un assalto di colori straordinari, con tantissime e indefinibili sfumature, ombre di esseri viventi, troppo complessi - che spreco di energia! - e per qualche istante un pianeta visto dall'alto e all'improvviso luci molto luminose nel buio.

Non aveva mai provato nulla di analogo, niente che gli assomigliasse su Ikigai: guardare quelle luci e la terra dall'alto gli fece venire persino il capogiro. Provò anche una strana sensazione di déjà-vu per quello che aveva appena vissuto, ma in fondo quella riga di memoria era stata sempre dentro di loro. Rimase a lungo nell'archivio, cercando di studiare meglio alcune righe e di capirci qualcosa di più. Era chiaro che quelle memorie non erano del muschio grigio, provenivano direttamente dallo spezzone di DNA anomalo che stava analizzando con ottusa pazienza quel folle di K111. Apparteneva di sicuro a un essere che non faceva parte del loro mondo: guardando meglio, in alcuni punti riuscì a distinguere del terriccio differente dal loro, delle forme di vita altissime, immobili e verdi, non esistenti su Ikigai; e, osservando in modo ancora più scrupoloso quelle immagini viste dall'alto, alla fine capì che quei colori, che lo avevano colpito dall'inizio, erano le membrane esterne di esseri viventi in grado di volare, i proprietari dell'altro pezzo del loro DNA!

S412 uscì dall'archivio agitatissimo e 'chiamò', senza modulare la frequenza, K111: "Avevi ragione, quella parte proviene da loro!" facendosi sentire da tutti i nuclei familiari attorno a sé.

Un feedback arrivò immediatamente dal nucleo G: "Abbiamo una parte di cosa? Ho perso qualche aggiornamento importante?"

Ma S412 già 'sussurrava', comunicando a bassa frequenza, a K111: "Ho visto e studiato tutto quello che mi è stato possibile capire e adesso ti do pienamente ragione! Non capisco come mai nessuno prima, compreso me, si sia domandato della forma di quel secondo spezzone di DNA, di quella elica così differente! Avevi ragione, mi dispiace di non averti dato retta fin dall'inizio. Non mi ero neanche incuriosito dopo che me ne avevi parlato tempo fa, solamente un pazzo come te poteva notare qualcosa di nuovo in una cosa antica e da sempre sotto gli occhi di tutti. E adesso cosa si fa? Questo cambia tutto! Come è finito quel DNA dentro di noi?"

"Adesso che abbiamo quelle immagini come prove, la forma dello spezzone e le altre cose che ho trovato dentro i geni 'ibernati', posso dire con sicurezza che per metà proveniamo da quegli esseri dell'altro mondo, l'hai visto tu stesso. Credo che sarà meglio se comunichi tu agli altri la nostra scoperta avvalendoti delle immagini che abbiamo trovato nell'archivio e fornendo la riga di codice dove cercarle. Se avranno delle domande, alle quali io potrò rispondere, interverrò."

Non passò molto tempo che tutta la popolazione di Ikigai ricevette l'informazione con il codice dell'archivio. Nessun'onda elettrica all'improvviso attraversò più il pianeta: gli ikigiani, rendendosi conto di fare parte di un qualcosa di estraneo e del tutto sconosciuto, avevano necessità di tempo per riorganizzare i propri pensieri e rivedere le loro convinzioni. Ogni intelligenza per sopravvivere ha bisogno di uno scopo nella propria vita e da quel memorabile giorno, quando tutti ricevettero la riga di codice per accedere all'antica memoria cellulare, anche la popolazione di Ikigai ne ebbe uno nuovo, molto più affascinante del continuo adattamento: scoprire il più possibile sui suoi lontani 'parenti', sulla loro capacità di volare, qualcosa sul loro mondo, su come erano finiti lì e perché aveva un pezzo del loro DNA.

Gli ikigiani potevano trasformarsi in esseri molto più complessi, ma prima d'allora non avevano avuto alcuna necessità di modellarsi in qualcosa di diverso da ciò che erano già, e correre il rischio di rompere l'equilibrio raggiunto da millenni. Quella scoperta cambiò tutto e per fare i primi passi verso l'obiettivo decisero di aggiornare il loro corredo genetico con i geni mutati di K111, ritenendo il nuovo stato come 'il più modernizzato e funzionale' e rinominandolo in 'Y'.

Il passo successivo doveva essere perfezionare l'accumulo di energia, che generavano da sempre tramite fotosintesi: trasformavano internamente la luce, l'aria e l'acqua in corrente elettrica. L'energia è fondamentale per qualsiasi forma di vita e per crearne forme più complesse gliene sarebbe servita molta.

Y, inizialmente K111, a stretto contatto con tutti gli esponenti K111 e con S412, continuò il lavoro di scongelamento dei geni-riserva, rivelando alcune funzioni sconvolgenti e riuscendo con il tempo a decodificarne circa il 40 per cento. Scoprì a cosa servissero i cromosomi X e Y, capì che gli esseri dall'altro pianeta erano composti da tantissime cellule con funzionalità differenti che operavano in collaborazione tra loro, si fece un'idea di come si muovessero, come percepissero in modo del tutto autonomo l'ambiente, utilizzando degli organi di senso creati appositamente per quello scopo dall'evoluzione. Era una grande ma triste scoperta per gli ikigiani, abituati a 'vedere' molto diversamente. Confrontandosi, si resero conto della bellezza e della perfezione che esisteva nella costruzione di quegli esseri, pensata in ogni minimo particolare, e si sentirono primitivi e inadeguati. Non potevano più considerarli dei veri 'parenti', sapendo dell'abisso che c'era tra loro. Avrebbero potuto far crescere delle cellule, utilizzando i geni scoperti da Y, ma non sarebbero mai riusciti a farle funzionare insieme: ogni cellula di quegli organismi era collegata con le altre e tutto operava con un ritmo e una sincronia perfetta. Gli ikigiani non comprendevano cosa desse il via e regolasse quel programma genetico, che iniziando dall'embrione guidava tutte le cellule a differenziarsi fino a creare un organismo complesso come quello dei loro 'parenti'.

Iniziarono, comunque, a fare degli esperimenti, modulando singole cellule con delle funzioni specifiche che unendosi formavano un essere in grado di camminare e vedere. Trovarono molto eccitanti quei test che gli consentivano, attraverso le loro creature, di interagire con il mondo e di avere percezioni a loro sconosciute. Quegli esseri mobili inimmaginabili, frutto della loro pura fantasia, composti da milioni di ikigiani, non avevano bisogno di cibo, perché utilizzavano l'energia che ricevevano nella vecchia maniera e che riuscivano a conservare tramite una loro nuova biotecnologia che gli permetteva di accumularla solo in piccole riserve, mentre ne sarebbe servita molta di più. Anche se capivano che non avrebbero potuto ancora riprodurre il proprietario di quello spezzone di DNA alieno, gli ikigiani erano soddisfatti dell'andamento generale del loro lavoro, avevano fatto in poco tempo enormi progressi rispetto allo stato di quasi immobilità nel quale vivevano prima.

Soltanto U317 con tutti i suoi cloni rimase scettico rispetto al lavoro degli altri, ma l'opposizione era stata sempre utile in qualsiasi struttura sociale e spesso si era rivelata fondamentale. Le sue considerazioni principali erano logiche: "Quegli esseri sono venuti qui, hanno lasciato il loro DNA e sono tornati nel proprio mondo? Che senso ha questo delirio? Ve lo dico io il senso: volevano nascondere quello spezzone o comunque conservarlo lontano da dove provenivano. Con quale scopo? Non lo sapremo finché non verranno qui, e loro verranno ne sono sicuro. Non so come e perché, ma per loro era importante mettere un pezzo del loro DNA qui, altrimenti non avrebbero volato attraverso le stelle per nulla. Ma la domanda ancora più importante è: come è successo che un pezzo del loro DNA si è unito con il DNA del muschio? Noi sappiamo che in modo naturale questo non sarebbe potuto accadere, avrebbe avuto un 1 per cento di probabilità di successo per via dei forti raggi gamma che abbiamo. Per il restante 99 per cento di probabilità è quasi certo che sono stati loro a unirli. Perché? In ogni caso ora abbiamo quel pezzo, quindi mi chiedo: sono nostri amici o nostri nemici? Siamo noi adesso il loro spezzone e quando torneranno qui, per riprenderlo, cosa succederà?

Faremo delle ricerche anche noi per conto nostro, tutti gli U317 fino all'ultimo numero, e vi dimostreremo che quei 'parenti', come li chiamate voi, un giorno ci porteranno soltanto problemi. Dobbiamo sapere bene tutto ciò che li riguarda e conoscere i loro punti deboli per un'eventuale difesa e ci occuperemo proprio di questo."

A U317 si unirono interi nuclei fino ai numeri esponenti di R, O, J e H, che trovarono molto sensate le sue preoccupazioni.

Tutti gli altri si associarono a Y con lo scopo di provare nuovamente quella sensazione di felicità che avevano percepito aprendo l'archivio della memoria, e di riuscire un giorno a realizzare il sogno comune di volare. Volevano riportare delle modifiche al proprio stato fisico, assemblandosi insieme per comporre delle forme multifunzionali, e ingannare in questo modo l'evoluzione su Ikigai.

L'ARRIVO

Erano una razza molto antica, saggia e pacifica, nobile e paziente. Gli upsiliani avevano dovuto abbandonare il proprio pianeta morente, una volta solare e pieno di vita, e vi rimasero a orbitare attorno per quattrocento anni: il loro sole, una piccolissima nana gialla, aveva iniziato a raffreddarsi e, trasformandosi in una piccola e fredda stella, aveva condannato a morte, gelido e impotente sotto i ghiacci, Upsilon della galassia di Andromeda. Attendevano un segnale da parte dell'Intelligenza Artificiale, che da sei satelliti naturali intanto teneva sotto osservazione altri pianeti, dove il popolo sfortunato avrebbe potuto trasferirsi. Di fatto, alcuni miliardi d'anni prima, dopo che gli scienziati upsiliani avevano confermato la triste notizia dell'inizio del rapido raffreddamento del loro piccolo sole, senza perdere troppo tempo, avevano iniziato la ricerca di pianeti simili al loro nelle galassie vicine, per prepararsi al futuro trasloco e alla colonizzazione.

Le sei astronavi-colonizzatrici degli upsiliani, lunghe quasi un chilometro e perciò poco manovrabili, non erano veloci come le navette-esploratrici, utilizzate dai loro scienziati, ma avevano tutto l'indispensabile per viverci: serre con delle piantagioni di cereali nutrienti, mangime di base per gli allevamenti di alcune specie di animali cornuti, che a loro volta erano il cibo principale dei superstiti.

Una prima spedizione di due di quelle abissali navi-città era partita settanta anni prima per la galassia del Compasso e mandavano regolarmente notizie sulla loro vita, apparentemente felice: il piccolo pianeta era ricoperto da una fitta vegetazione simile ad alberi alti centocinquanta metri, già godeva di una ricca vita animale, grazie all'intervento degli scienziati avvenuto migliaia d'anni prima; vi era una gravità pari a $0,676\ g$ e una temperatura tra $+18$ e $+35°$. Le condizioni ottimali per gli upsiliani!

Altre due navi restarono invece in orbita, aspettando qualche notizia positiva dall'Intelligenza Artificiale, o AI come abitualmente la chiamavano, lasciata sul satellite naturale Luna per osservare il pianeta Terra della Via Lattea, anche loro pronti a mettersi in viaggio al più presto.

Per le due restanti navi-colonizzatrici, orbitanti attorno a Upsilon in attesa di partire per il loro pianeta da colonizzare nella galassia della Nube di Magellano, il segnale invece non arrivava: forse l'AI, che gli scienziati-upsiliani avevano installato alcuni miliardi d'anni prima, si era guastata o era successo qualcosa con il satellite naturale del pianeta, così lo sfortunato popolo decise di mettersi lo stesso in viaggio verso l'ignoto, alla scoperta di quella che sarebbe dovuta diventare la loro nuova casa.

Nonostante tutti i sacrifici degli ultimi quattrocento anni, era nata e cresciuta un'intera generazione tra le strette mura delle astronavi, senza mai vedere il sole o l'orizzonte, ed era già pronta a dare la luce a una seconda.

Gli upsiliani erano longevi, vivevano quasi trecento anni, e soltanto raggiunti i primi ottanta potevano procreare. Alla partenza dal loro disgraziato pianeta destinato all'estinzione, erano soltanto in seicento su entrambi le navi-colonizzatrici dirette verso la galassia della Nube di Magellano, ma al momento di mettersi in viaggio verso il pianeta da colonizzare le astronavi erano terribilmente sovrappopolate, arrivando a contenere quasi più di un milione e trecentomila abitanti, ormai sofferenti per la mancanza di cibo.

Progrediti dai rettili, specie più adatta a vivere su Upsilon che aveva ricevuto dall'evoluzione il dono dell'intelligenza e della coscienza, gli upsiliani erano dei predatori strettamente carnivori e non avevano mai avuto dei nemici naturali sul loro pianeta, appartenendo all'ultimo anello della catena alimentare. Comunque sia il loro cammino per l'evoluzione non era stato semplice come potrebbe sembrare: anche loro, come qualsiasi altra vita, avevano lottato duramente per la propria sopravvivenza.

Erano alti quasi due metri e avevano bisogno di molta carne, per questo nel loro pianeta natale cacciavano in territori estesi anche svariate decine di chilometri. A causa del numero limitato di maschi, poteva capitare che i territori limitrofi sfortunatamente appartenessero solo a delle femmine e loro non riuscissero nemmeno una volta nella vita a incontrare un partner per riprodursi, rischiando l'estinzione. Così, l'evoluzione, oltre che della possibilità di riproduzione con la partecipazione di entrambi i sessi, aveva dotato saggiamente le femmine upsiliane della partenogenesi, una strategia riproduttiva possibile in assenza del maschio che funzionava attraverso la clonazione del DNA della madre.

Con il passare di migliaia di anni, di maschi ne erano nati sempre meno, al punto da considerarsi rarissimi. La clonazione della propria genetica aveva indebolito notevolmente parecchie generazioni di upsiliani, costringendoli a unirsi in gruppi parentali o clan, e i maschi, che ancora ogni tanto nascevano, venivano accuditi in tutti i loro bisogni e protetti contro qualsiasi pericolo dalle guardie femminili.

La loro struttura sociale durante la vita nel pianeta Upsilon si era basata esclusivamente su un numero ridotto di maschi per ogni discendenza famigliare, che usavano per l'accoppiamento con femmine di altri clan. Più maschi si possedevano, più onore e una posizione alta nella gerarchia sociale acquisiva il gruppo parentale. Fino a diventare il Clan-Guida che a sua volta nominava il capo assoluto che prendeva le decisioni per tutti i clan: la femmina del loro gruppo familiare più fertile nel partorire dei maschi.

Sulle navi-città, dunque, in una condizione prossima alla carestia, le quantità più abbondanti di carne erano destinate ai 'diamanti' della loro società: i maschi.

Su entrambe le astronavi dirette sul nuovo pianeta, si trovavano ben trentacinque clan differenti, ma i centosette maschi che possedevano - dei quali il Clan-Guida Taio ne aveva sette - erano troppo pochi. Quando erano partiti verso l'orbita ne avevano ben trecentottanta, ma in quattrocento anni ne erano nati pochissimi.

Gli scienziati avevano cercato di individuare il motivo di tale declino, studiando la loro genetica, alla ricerca di una qualche influenza particolare per questo drastico decadimento, ma senza ottenere nessun successo. Forse il cattivo umore delle femmine aveva influito negativamente, generando questo fenomeno, perché vista la situazione nessuno a bordo aveva più la grinta di lottare per il proprio futuro. Gli spazi ristretti, la mancanza dei raggi solari e della possibilità di correre dietro a una preda avevano portato la maggior parte degli upsiliani verso la depressione.

Anche il colore della pelle delle femmine cambiava ormai raramente, rimanendo spesso di tonalità spente e fredde, spesso grigie. Non si vedevano da tempo quegli accesi fucsia, giallo o arancione che una volta, nel loro pianeta, avevano colorato con dei disegni fantastici i loro corpi, i colori raggianti che assumevano quando cacciavano, mangiavano o si sentivano soddisfatte.

Zu, il loro capo assoluto da un po' di anni, anche per questo motivo decise di rischiare e lasciare l'orbita per partire, senza attendere il segnale dell'AI, perché la situazione le si presentava troppo drastica. A suo parere, gli upsiliani dovevano trasferirsi sul nuovo pianeta il più in fretta possibile e la sua apprendista della gestione Beru, nonché sua fidata amica e probabile sua sostituta, era pienamente d'accordo con lei, nonostante fosse una delle pochissime femmine sulla quale ancora si potevano osservare dei colori sfolgoranti.

Il consiglio degli scienziati non aveva dato alcuna sicurezza a Zu che sul nuovo pianeta Ikigai si fosse sviluppata una vita animale, non avendo ricevuto, negli ultimi quindici milioni di anni, alcuna informazione al riguardo da parte dell'Intelligenza Artificiale: la probabilità di successo era del 50 per cento. Ma Zu decise di tentare: 50 per cento era meglio di una morte certa e lenta per inedia sulle navi.

Quando mancavano alcuni mesi all'arrivo su Ikigai, il Clan-Guida Taio organizzò i gruppi parentali per lo sbarco e la colonizzazione, pronti a qualsiasi cosa avessero trovato sul pianeta.

Avevano scoperto Ikigai nella galassia della Nube di Magellano alcuni miliardi d'anni prima e, a primissimo impatto, era sembrato un paradiso, un pianeta simile alla loro casa, caldo e solare, e l'eccessiva radioattività non li aveva turbati minimamente: erano eccellenti biotecnologi e potevano manipolare e modificare la propria genetica secondo necessità per dotare di qualsiasi particolare capacità le generazioni successive. Gli scienziati avevano mandato una navetta-esploratrice sul pianeta per capire se esistesse già della vita e avevano rilevato nell'ombra delle rocce un muschio grigio, un piccolo vegetale molto primitivo. Inoltre, quello che gli era sembrata una immensa pianura verde, si era rivelata essere un oceano nascosto da alghe, lunghe quasi un chilometro, che si allungavano dal fondo per captare i raggi solari con le loro gigantesche foglie e ricoprivano interamente tutta la superficie dell'acqua. Soddisfatti della scoperta, avevano inseminato il pianeta con il proprio DNA, inserendolo direttamente nella cellula del muschio, che era riuscito ad adattarsi e a sopravvivere in quell'ambiente difficile, sperando nella possibilità di avere con il tempo vari generi di animali. Gli upsiliani rimisero le loro speranze nelle mani espertissime dell'evoluzione, in modo che agisse con le modifiche e gli adattamenti necessari a completare l'operato degli scienziati. Non si poteva prevedere cosa avrebbe creato l'evoluzione nelle condizioni di quel pianeta! Entro qualche milione di anni Ikigai avrebbe potuto essere pieno di vita in tante sue varietà, contando proprio sull'alta radiazione.

Nessuno degli scienziati si sarebbe potuto immaginare che l'evoluzione prendesse, invece, tutta un'altra strada: il pianeta non era riuscito a far sopravvivere alcuna cellula, diverse da quelle già esistenti e ben inserite, come il muschio grigio e le alghe marine, e qualsiasi novità introdotta non aveva avuto il tempo indispensabile per adattarsi, mutandosi troppo in fretta a causa dei raggi gamma e scomparendo. Il processo di inseminazione sembrò, dunque, non aver avuto il risultato sperato e le tracce del DNA upsiliano apparivano come svanite nel nulla.

Così, gli upsiliani stavano finalmente per arrivare alla loro destinazione, irritati un po' per la terribile mancanza di spazi vitali all'interno delle navi-città e affamati da qualche centinaio d'anni, ma speranzosi. Loro non conoscevano bene tutte le emozioni. Anche la gioia e la rabbia, tra le poche che avevano fatto parte del loro essere durante la vita su Upsilon, colorando la loro pelle di colori accesi come il fucsia o l'azzurro, oramai era da tempo che non le provavano. Eppure in quel momento le avvertirono entrambe.

Il sistema planetario della Nube di Magellano non era cambiato minimamente dalla visita degli scienziati upsiliani miliardi di anni prima. Avvicinandosi al satellite di Ikigai per riprendere l'AI e avere accesso alle informazioni che aveva raccolto, le scienziate rivelarono uno strano campo elettromagnetico proveniente dal pianeta, della frequenza altissima di quasi 300 MHz, che presumeva una forte attività non prodotta naturalmente. Collegandosi con l'astronave-madre, comunicarono questo strano fatto a Zu, perché le cinque sonde automatiche, lanciate sul pianeta per una prima supervisione, non avevano rilevato alcuna vita animale e nemmeno una vegetale più complessa dei muschi di vari generi e delle alghe. Tutte aspettavano il prelievo e il ritiro dell'AI per avere più informazioni prima di scendere con delle navette-esploratrici.

Con enorme tristezza e stupore capirono il motivo della sua assenza di comunicazione per tutto quel lungo periodo: l'AI sembrava danneggiata, come fosse impazzita, raccontava di incredibili eventi cosmici, chiaramente inventati e senza senso; gli ultimi rilievi attendibili documentati riguardanti Ikigai provenivano da più di quaranta milioni d'anni prima e al momento si rivelarono inutili.

Zu fu costretta a inviare tre navicelle-esploratrici per controllare l'anomalia della frequenza sul pianeta, e con una di quelle mandò anche Beru, fidandosi del suo infallibile intuito.

Già all'entrare nell'atmosfera, alla distanza di un chilometro dal suolo, rilevarono 280 MHz; sembrava ci fosse un'intera civiltà ipertecnologica a vivere lì sotto, eppure oltre i muschi e le alghe non c'era nulla. Atterrarono, ma non appena la navicella toccò il suolo, accadde una cosa ancora più strana: un totale silenzio attorno, solo 8 Hz, la naturale frequenza del pianeta.

"Nessuno scenda!" disse Beru. "Qui c'è qualcosa che ha interagito con il nostro atterraggio e se non scopriamo cos'è le navi-colonizzatrici non potranno scendere. Adesso mi metterò in contatto con Zu."

Dopo aver parlato con il capo, imbronciata, si mise la tuta e, insieme a due scienziate della sua navetta, uscì fuori. Si guardò attorno, fino alla linea irregolare dell'orizzonte, e non vide niente di insolito: gli stessi muschi ma di tonalità differente ricoprivano tutto, salendo sulle colline assolate e scendendo verso l'ombra. La frequenza arrivò a 100 MHz per qualche istante, poi tornò il silenzio. Lo sconforto e il malumore si impossessarono delle prime arrivate sul pianeta: il paesaggio monotono, il grigiore e la quiete assoluta di quel mondo, oltre al leggero stormire del venticello, causò in loro una sgradevole sensazione di disagio.

"Raccogliamo dei campioni di questi muschi, ordine di Zu. Uno lo avevamo utilizzato ibridandolo con il nostro DNA per sviluppare una vita animale ma evidentemente non ha funzionato, troppa radioattività" disse Beru.

Ingrugnita, appena fece due passi con le provette in mano, notò che il muschio sotto i suoi piedi cambiava leggermente colore, sfumando verso il viola.

"Ma com'è possibile?" disse lei più a se stessa che ad altri, recuperando dei campioni. Nonostante la sua irritazione, in dieci minuti raccolsero tutto quello che c'era di differente nella zona. Volando verso l'oceano per prendere i campioni di alghe rilevarono nuovamente per qualche secondo una frequenza di 150 MHz, seguita dal silenzio. Il mistero non piacque all'equipaggio, sembrava che qualcuno le osservasse, così Beru non fece scendere più nessuno e da sola prese gli esemplari delle alghe e risalì velocemente sulla navicella. Non c'era più nulla da raccogliere e tutte volevano tornare sulle navi-colonizzatrici il più velocemente possibile, sentendosi osservate.

Dopo la partenza, all'altezza di circa ottocento metri, la frequenza diventò ancora più forte di prima, superando i 320 MHz, e rimase costante più o meno sulla stessa onda per un po' di tempo.

"Ti assicuro che c'è qualcosa di strano su quel pianeta! Se i campioni che abbiamo portato non rileveranno nulla, dobbiamo fare qualche altra ricerca, non possiamo scendere così!" disse Beru incontrando Zu sulla nave-colonizzatrice, abbastanza agitata e cambiando colori di continuo. "Magari c'è qualcuno nascosto sotto la superficie? Ti dico che c'è una tecnologia molto avanzata da qualche parte! Mandiamo delle sonde-scanner per il suolo!"

"L'ho già fatto, e ho inviato anche delle sonde-scanner d'acqua; abbiamo predisposto delle analisi scrupolose dell'atmosfera, del terriccio, dei liquidi e ogni ricerca possibile. Non c'è nulla lì, né sopra né in profondità, purtroppo per noi. Non ci sono animali da cacciare e nemmeno il cibo per i nostri cornuti, se volessimo popolare il pianeta con quelli che abbiamo a bordo. Tutta la superficie è ricoperta solamente da questi muschi primitivi" ribatté Zu tranquillamente.

"Ma quel muschio cambiava colore, l'ho visto sotto i miei piedi! Come se reagisse alla mia presenza!" si agitò ulteriormente Beru al non essere creduta.

"Ci sono molti organismi primitivi che possiedono dei riflessi, forse questo era un suo riflesso al tatto. O magari i raggi del sole ti hanno fatto sembrare che il muschio interagisse con te… Aspettiamo i risultati delle analisi, stasera abbiamo la riunione con le scienziate-genetiste" continuò con calma e pazienza a spiegare Zu, senza tener conto della evidente alterazione dell'amica.

"Ok, hai ragione, Zu. Non so cosa mi abbia preso prima" rispose Beru e, rendendosi conto di essere troppo nervosa, cercò di calmarsi e di assumere un'espressione indifferente: non poteva permettersi che il capo notasse che era una di quelle divergenti con l'anomalia genetica delle emozioni, non aveva voglia di finire 'sacrificata'.

"Non ti preoccupare, tra qualche giorno la tensione cesserà, scenderemo e la prima cosa che faremo sarà correre!" la tranquillizzò Zu, sforzandosi di non prestare attenzione alle sfumature traditrici sulla pelle della sua amica, che era diventata rossa, con del verde e dell'azzurro, colori che potevano indicare una paura, forte preoccupazione e anche rabbia, emozioni che non potevano esistere nella loro comunità.

Tra l'altro a Zu non andava più di discutere, sarebbero scesi sulla superficie di quel pianeta, qualsiasi cosa avessero trovato le scienziate, aveva già deciso, non avevano altra scelta. L'aria era respirabile e il terreno coltivabile, c'era acqua potabile, anche se poca ma sufficiente per vivere.

Nel laboratorio delle genetiste, intanto, accadevano le cose più bizzarre: il muschio dei campioni, quello leggermente colorato preso da Beru, davanti ai loro occhi diventò grigio. Inoltre, si rilevò per qualche istante l'aumento della frequenza a 4 MHz, che normalmente nel laboratorio non superava gli 0,8 MHz. Le scienziate capirono di trovarsi di fronte allo stesso muschio che avevano modificato tempo prima per sviluppare una vita animale sul pianeta, imbattendosi nel pezzo di DNA upsiliano non funzionante, a parte per il cambio dei colori ovviamente: non era nato dunque alcun animale da quel remoto esperimento.

In definitiva, il pianeta era popolato solamente da muschi primitivi, uno dei quali aveva la possibilità di cambiare colore al contatto, e da alghe semplicissime, che per un primo periodo potevano servire da cibo per gli animali della colonia, dato che possedevano ottime sostanze nutrienti.

Alla riunione con il gruppo dirigente di Zu, le genetiste mostrarono il risultato delle analisi che evidenziavano l'assenza di qualsiasi pericolo sul pianeta, come anche di qualsiasi vita utile per loro - oltre quella delle alghe - anche se l'altissima frequenza delle onde elettromagnetiche continuava a preoccuparle.

La decisione definitiva spettava a Zu e lei ordinò la discesa delle navi, assegnando a Pawa, la responsabile delle guardie e accudimento dei maschi, e a Beru il compito di scegliere il posto più adatto e di organizzare lo sbarco. Non le sembrò che quella frequenza, per il momento inspiegabile, fosse rilevante al punto da lasciare il suo popolo sulle navi a morire di fame. Sapeva di rischiare, ma qualsiasi cosa si trovasse laggiù, gli upsiliani erano abbastanza preparati per affrontarla.

Le due navi dalle dimensioni abissali entrarono nell'atmosfera del pianeta quando improvvisamente cessò la comunicazione con le altre navi-colonizzatrici. Avrebbero voluto che le loro sorelle sapessero del loro arrivo! Questo piccolo problema tecnico decisero di affrontarlo dopo, per il momento su entrambe le navi regnava un totale caos e i capi di ogni clan cercavano di organizzare i loro familiari per la prima uscita dalla nave della loro vita.

L'atterraggio rese alcuni upsiliani quasi ingestibili e, anche se tutti erano impazienti di uscire, si doveva seguire scrupolosamente lo schema stabilito da Pawa e Beru: scendere a piccoli gruppi e rimanere davanti alla nave per almeno dieci minuti, per evitare che alcuni upsiliani, appena guardato l'orizzonte, patissero un disorientamento innescato dagli spazi aperti. Quella reazione era stata prevista dalle scienziate e quelli sfortunati vennero accompagnati nuovamente dentro l'astronave. Era normale che molti di loro potessero soffrire per la vista di quelle aree immense dopo essere nati e vissuti per tutta la vita nell'ambiente chiuso della nave-città. Così, avrebbero dovuto iniziare ad abituarsi poco a poco, uscendo fuori ogni giorno per alcuni minuti.

A ogni clan, per arrivare sul proprio territorio in base al posto che occupava nella gerarchia sociale, Zu in persona assegnava delle navette-esploratrici. Non c'era alcuna differenza tra un territorio e l'altro su Ikigai, oltre alla distanza dalle navi-colonizzatrici, il pianeta doveva essere modificato dagli stessi upsiliani per poter mantenere il tenore di vita che tutti desideravano: dovevano inseminare la loro nuova casa con dei vegetali per popolarla in seguito con gli animali che avevano negli allevamenti.

A questo scopo, le scienziate-genetiste avevano già modificato tutti i tipi di cereali che possedevano a bordo per renderli molto più resistenti alle radiazioni, lavorando anche sulla genetica degli animali per avere le prossime generazioni più adatte a vivere all'aperto, sotto raggi gamma così alti. Gli upsiliani, invece, erano già nati adattati grazie ai loro genitori modificati centinaia d'anni prima.

Il primo gruppo a uscire dalla nave guardò con tristezza i monotoni paesaggi: nulla cambiava per chilometri e chilometri fino all'orizzonte, non c'era niente su cui fermare lo sguardo, solamente muschio, un immenso tappeto morbido sotto i piedi. Le tute protettive non servivano, le analisi non avevano riscontrato nulla di pericoloso per la loro salute e, dopo aver girato senza alcuna meta nei paraggi della nave-città, iniziarono a correre, seguendo un impulso improvviso. Corsero per chilometri, diventando sfumati con delle strisce viola, gialle e addirittura fucsia: colori normali nella vita su Upsilon ma che non si vedevano da tempo a bordo delle navi.

Zu, guardando il suo popolo colorarsi, capì che scendere sul pianeta enigmatico per iniziare la colonizzazione era stata la decisione giusta.

Dopo alcuni giorni di ambientazione, i capi dei clan, sotto la guida di Zu, Beru e Pawa, stimarono un piano di attività di importanza primaria.

Come prima cosa dovevano controllare se il gas presente sul pianeta fosse utilizzabile come carburante per le loro navicelle private, quelle che sul loro pianeta d'origine avevano usato per gli spostamenti locali a volo orizzontale, visto che i territori privati non si potevano violare e non adoperavano le strade per quel motivo. Si trattava di piccoli velivoli a due posti con il tettuccio trasparente in vetro. Non potendo trasportare sulle navi una quantità sufficiente per ogni abitante, ne sarebbe stata assegnata una ogni dieci upsiliani. Venivano chiamate *loco*, nome che nella loro lingua era l'acronimo che indicava tutte le funzionalità del piccolo mezzo. Come carburante per quei piccoli mezzi di trasporto su Upsilon avevano utilizzato il protossido di azoto, presente in gran quantità, ma che sembrava assente su

Ikigai. Era un gas incolore e inodore, usato dagli upsiliani anche come sostanza rilassante: nel respirarlo provavano leggerezza nel corpo e nella mente, gli aumentava le percezioni tattili, deformando a volte quelle visive. Ma l'effetto più apprezzato da tutti era il distacco da se stessi e dall'ambiente circostante che li portava a una euforia pura mai provata. Quindi, tutte le riserve di gas, caricate sulle navi come carburante per i *loco*, erano state consumate e si doveva trovare qualche sostanza sostitutiva: mancavano disperatamente a tutti le sensazioni che il protossido di azoto gli aveva fatto provare, per non parlare dell'utilizzo dei loro mezzi di spostamento così comodi.

Tra i punti del programma di esplorazione del pianeta, alla ricerca di gas, seguiva l'estrazione dei metalli, che servivano praticamente per tutto, dalla riparazione delle navi alla costruzione delle case.

Gli upsiliani nel loro mondo costruivano abitazioni sotterranee abbastanza profonde, usando pareti di metalli e di pietre simili al marmo e come tetto una grande cupola in vetro, che lasciava entrare il più possibile i raggi solari, da loro tanto amati quanto vitali.

La sabbia silicea per fare le cupole in vetro, e ricevere all'interno delle abitazioni i raggi ultravioletti e il calore, non si trovava su Ikigai e le scienziate analizzarono disperatamente tutti i minerali e altre sostanze trovate sul pianeta dai droni-sonda e portate nel laboratorio. Tra questi, scoprirono un liquido piuttosto interessante, quasi nero e viscoso che stimolò in particolar modo il loro interesse. Analizzandolo a livello molecolare e facendo alcuni esperimenti, si rivelò una sostanza preziosissima dai mille utilizzi, dall'uso nella composizione di medicinali all'impiego come combustibile, e lo si poteva impiegare per la produzione di materiale solido e addirittura di tessuto.

Con questo incredibile liquido quasi magico, il petrolio, avevano risolto il problema del carburante per i *loco,* modificando e adattando il motore, e delle cupole per i tetti delle loro case, trasformandolo in robusta e trasparente plastica e utilizzandolo al posto del vetro. Inoltre, ne ricavarono un filo finissimo ma molto resistente che serviva per le loro gonnelline, borsette e altri indumenti utili.

Il primo metallo a essere scoperto invece - duro, malleabile e molto duttile - era il nichel, ottimo per fare i recinti per gli allevamenti all'aperto, per la costruzione delle pareti nelle loro case e addirittura dei gioielli luccicanti. Una volta lucidato, poteva essere usato per abbellire le loro bellissime e pregiate gonnelline. Lo stagno, invece - fragile, morbido e leggero - poteva servire per gli interni delle loro case e altri edifici sotterranei e, unendolo con un altro metallo simile al ferro, si poteva usare per fabbricare dei pezzi di ricambio per le navi, per le navette-esploratrici e per i *loco.*

Per iniziare il lavoro di estrazione del prezioso liquido bruno, il petrolio, che si era rivelato ormai di inestimabile valore per gli upsiliani, Zu chiese a ogni clan di prestare almeno cinquanta dei loro membri e dovettero realizzare una strumentazione per perforare il suolo in profondità, con un potente motore e dei tubi particolari: di questo si occupò il gruppo di meccaniche del reparto tecnologico e le ingegnere con le loro apprendiste. Per procurarsi i metalli, iniziando dal nichel, costruirono delle miniere.

Certo, se avessero saputo prima che avrebbero dovuto fare tutta questa fatica per colonizzare il pianeta, piantando anche vegetali e liberando in futuro gli animali in cattività, avrebbero costruito un maggior numero di *uploidi* - corpi biologici, somiglianti ai maschi upsiliani, fabbricati artificialmente e dotati di Intelligenza Artificiale, che impiegavano da sempre come aiuto per differenti attività.

Dopo la distribuzione, su ogni territorio, si dovette iniziare la piantagione di cereali e organizzare l'allevamento di un gran numero di animali, e ciò voleva dire realizzare dei recinti, portare le alghe dell'oceano come mangime, liberare il terreno dal muschio, che non lasciava un centimetro libero sulla superficie del pianeta, oltre che iniziare degli scavi per la costruzione delle case e della Città, un luogo sacro per la loro socializzazione: un territorio libero, di comune uso per tutti gli upsiliani, con degli spazi per gli incontri, per lo studio, per la conversazione, i locali dell'abbigliamento e dei gioielli e con graziose e capienti sale riunioni, dove i capi dei clan si vedevano per lo scambio dei maschi.

Il punto più importante del loro programma era popolare il pianeta con degli animali, triplicando le nascite, per riprendere finalmente l'attività che gli aveva procurato da sempre il più grande godimento: la caccia. Quindi i cereali dovevano essere utilizzati anche come cibo per i loro cornuti, e fu necessario piantarli su un territorio circostante alla Città, su almeno trecento chilometri di perimetro.

Tutti erano impegnati in qualche attività e dell'accudimento e dell'intrattenimento dei centosette maschi, rimasti al sicuro a bordo delle navi, venne data responsabilità agli *uploidi*. Le intelligenze Artificiali di cui erano dotati era di quel tipo che apprendeva da sola tramite le esperienze vissute. Dopo un'accurata spiegazione del compito da svolgere, guardando e ascoltando, ognuno si formava la propria personalità: avevano già vissuto varie esperienze, diventando di conseguenza molto diversi tra loro.

Passò parecchio tempo dopo lo sbarco del popolo, sfortunato fin dall'inizio, da quando quattrocento anni prima salì a bordo delle navi-colonizzatrici. Quasi tutti i clan stavano finendo le prime case sui propri territori, lontani gli uni dagli altri anche decine di chilometri, e la costruzione della Città era a buon punto.

Gli upsiliani si ambientavano bene, a parte per il triste fatto di non poter comunicare con le loro sorelle sugli altri pianeti: non riuscivano a far funzionare la comunicazione né in uscita né in ingresso, e non ne capivano il motivo, dato che l'apparecchiatura era in ottimo stato e non si rivelava alcun guasto. Era un fatto misterioso e da risolvere con urgenza, non potevano raccontare nulla dei loro progressi, dei quali andavano fiere, e nemmeno sapere come si stavano ambientando nella Via Lattea sulla Terra o nella galassia del Compasso le altre navi-colonizzatrici.

I cereali crescevano con una velocità straordinaria, gli animali nei recinti all'aperto si riproducevano, quasi raddoppiando il loro numero, e la frequenza anomala, inizialmente preoccupante, si era rivelata innocua e non turbava più nessuno.

La vita degli upsiliani aveva preso quasi un ritmo normale, quando accadde una cosa inspiegabile: nel recinto degli animali di un clan abbastanza lontano dalla Città, apparvero dieci esemplari di adulti di cornuti in più. Il capo del clan si spiegò il fenomeno nell'unico modo plausibile: la disattenzione delle responsabili. Quindi, le rimosse dall'incarico nominandone delle nuove, più attente. Contenta per l'improvvisa fortuna, decise di liberare quegli esemplari dai recinti, facendoli correre all'aperto e organizzando la caccia, per divertirsi un po' insieme agli altri membri del clan. La caccia però non finì bene: catturarono e azzannarono le loro prede e, già dopo i primi morsi, le cacciatrici si resero conto che alcuni degli animali non erano commestibili, sapevano di erba, e non avevano né carne né sangue.

Incredule, portarono questi esemplari al laboratorio presso uno delle navi per esaminarli. I risultati stupirono tutti: gli animali in realtà erano creati interamente dal muschio colorato che, aggregandosi, imitava alla perfezione il corpo delle loro bestie. La capacità del muschio era sorprendente, anche se non capirono la modalità del cambiamento così radicale del vegetale e nemmeno il motivo.

Poche ore dopo, mentre le attonite ricercatrici e le genetiste discutevano della capacità del muschio e al loro fianco Zu e Beru cercavano di capire la causa che lo avrebbe spinto a quella aggregazione, le upsiliane che avevano ingerito quei pochi bocconi dell'animale, in preda all'ebrezza della caccia, iniziarono a sentirsi male: ebbero forti dolori addominali e cominciarono a sanguinare dal naso e dalla bocca. Le studiose-guaritrici non trovarono nelle malate nessun batterio o virus e non sapevano come aiutarle, non funzionò nessuna medicina che avevano in laboratorio. Le scansioni non rivelarono nulla di anomalo e, dopo atroci sofferenze, le otto upsiliane morirono.

Zu, sospettosa che il muschio ingerito potesse provocare tali conseguenze, chiese di fare una accurata autopsia ai corpi delle sorelle decedute. I loro organi interni per metà erano composti da muschio colorato, che si era sostituito alle cellule originali della trachea, dello stomaco e del fegato, arrivando anche all'intestino. Scioccate dalla scoperta, le genetiste decisero di esaminare il vegetale in modo ancora più approfondito. Gli esemplari che sostituivano i pezzi di organi delle femmine morte non riportarono alcuna nuova scoperta, era lo stesso muschio colorato presente su tutto il territorio del pianeta, con lo stesso identico DNA che già conoscevano: metà di quello upsiliano unito alla metà di quello del muschio grigio. Sezionando alcuni geni, non trovarono nulla di importante, oltre a un'unica piccola e, dal punto di vista delle scienziate, poco rilevante capacità di clonarsi, modificandosi, e di comunicare tramite sinapsi chimica. Ma quello in nessun modo spiegava come e perché avessero imitato i loro animali e in seguito si fossero trasformati nelle cellule degli organi interni degli upsiliani.

Zu non aveva idea di come difendere il suo popolo da questo strano organismo, l'unica soluzione che trovarono per il momento per proteggersi dal muschio, che era dappertutto, fu indossare delle specie di scarpe e guanti per non entrarci in contatto a mani nude. Le ricercatrici genetiste assicurarono che l'organismo era innocuo, forse reagiva solo istintivamente ad alcuni stimoli, ma non riuscirono alla fine a dare una spiegazione logica dell'imitazione dei loro cornuti o degli organi interni delle femmine morte.

Passò quasi un anno da quel tragico incidente e gli upsiliani impostarono lo stile di vita che desideravano da tempo. Avevano seminato i cereali su una superficie di quasi seicento chilometri attorno alla Città, con duro lavoro visto che tutto il terreno era ricoperto da muschio, come fosse un gigantesco tappeto colorato con alcune chiazze deformate grigie. Ne avevano tolto ampi strati, piantando al suo posto i semi dei cereali, sperando avessero il tempo di crescere prima che quello strano organismo, clonandosi, ritornasse al suo posto. E avevano anche già abbastanza animali da poter iniziare a liberarli in natura, però al momento la superficie del pianeta utilizzabile era poca.

La speranza che tutto potesse andare finalmente per il verso giusto riapparve dopo tanto tempo tra gli upsiliani, quando un giorno, alcuni di loro girando con i *loco* tra le piantagioni, videro galoppare in mezzo alla pianura allo stato libero un gruppo di animali cornuti. Preoccupandosi per gli animali, comunicarono con i propri clan tramite il trasmettitore a bordo del *loco* e scoprirono che in realtà i recinti erano chiusi e gli animali che possedevano stavano al loro posto. I capi, allora, decisero di mettersi in contatto con Zu.

"Prendetene alcuni e portateli qui, nel laboratorio, credo che sia il muschio" disse il capo assoluto Zu con la sua voce tranquilla e rassicurante ma in realtà seriamente allarmata: non le piacevano gli enigmi e quella faccenda del muschio era un difficile rompicapo.

Anche se non avevano le orecchie, gli upsiliani percepivano la vibrazione d'aria a più di duecento metri di distanza e catturarono un cornuto proprio in mezzo al campo dei cereali, captando dei rumori provenienti da lì.

Portarono l'esemplare in laboratorio e quella volta Zu chiese degli esami approfonditi e completi sull'animale, che prima non avevano fatto: la stranezza di questo muschio era evidente, c'era qualcosa che le sfuggiva. Era determinata a capire di cosa si trattasse, perché non potevano costruire una vita serena scontrandosi di continuo con quell'organismo fino a quel momento sconosciuto.

Le scienziate iniziarono con una scansione dello scheletro e degli organi interiori, che si trovavano tutti al loro solito posto e avevano un aspetto normale. Con dei prelievi del tessuto del fegato si rilevò che erano formati da muschio colorato, che aveva preso non solo le forme perfette di tutte le cellule degli organi, ma aveva anche imitato le loro funzionalità. Chiamarono Zu per mostrarle questa nuova capacità del muschio: era chiaro che imparasse molto in fretta a imitare e clonare delle cellule differenti. La domanda rimaneva: a cosa gli serviva questa capacità? Che cosa era in realtà questo organismo che possedeva un pezzo del loro DNA? Come faceva questo primitivo muschio colorato a imitare anche gli organi di senso dell'animale, permettendogli di ascoltare e vedere, oltre che di camminare e correre? A quale scopo?

Nel frattempo, in laboratorio l'anomala frequenza elettromagnetica arrivò a 35 MHz e per la prima volta ciò fece pensare a Zu che dipendesse dalla comunicazione del muschio. Quindi quell'organismo che definivano primitivo comunicava, ed era la fonte della forte frequenza elettromagnetica del pianeta! Gli organismi che comunicano non sono primitivi, quindi si erano sbagliati a classificarli sin dall'inizio: qualcosa di quel vegetale continuava a sfuggirle. Guardare il loro cornuto, che avrebbe dovuto essere composto da succulenti pezzi di carne, e sapere invece di avere davanti il muschio procurava in tutte delle sensazioni contraddittorie e inspiegabili: ognuna di loro, compresa Zu, ebbe l'impulso incontrollabile di azzannarlo e ciò le turbò enormemente.

GLI INCOMPRESI

Gli ikigiani guardarono i cinque possessori del secondo spezzone di DNA in piedi davanti a loro: li fissavano ed emanavano dei rumori di tale potenza da far vibrare l'aria come durante una burrasca, un rumore mai percepito prima sul pianeta.

Mentre gli esseri, dopo aver armeggiato con il corpo dell'animale, erano fermi per qualche oscuro motivo, gli ikigiani ragionarono tra loro.

"Secondo voi, cosa sono intenzionati a farci? Dopo che hanno estirpato interi nostri nuclei letterali, mettendo quei loro stupidi vegetali, adesso come pensano di ammazzarci?" domandò U114 che faceva le veci del gruppo sempre più numeroso degli oppositori, convinti che gli upsiliani fossero pericolosi e non fossero loro amici. E, a essere sinceri, fino a quel momento non avevano avuto molto torto: sotto le loro gigantesche navi lunghe chilometri erano morti per mancanza di luce e acqua milioni di ikigiani, per non parlare delle morti provocate dalle enormi piantagioni, dagli allevamenti, dalla costruzione delle loro case e delle miniere. L'estrazione del petrolio e dei metalli aveva messo fine addirittura all'intera famiglia letterale L; per fortuna nel database comune erano rimaste tutte le informazioni necessarie a farli rinascere!

Y, prima chiamato K111, e il suo amico S214 continuarono a insistere che gli esseri, come tutti spesso li definivano, non erano venuti lì per distruggerli, che non erano consapevoli nemmeno della loro esistenza come popolo, convinti di trattare un semplice muschio.

"Dobbiamo farci conoscere, presentarci in qualche modo adeguato alla loro comprensione… Adesso sono disorientati perché i loro occhi vedono un animale carnoso e appetitoso, anche se sanno che siamo noi. Quel loro organo di senso - gli occhi - li sta ingannando e confondendo, non è affidabile, come sapete: vedono quello che gli si mostra" spiegò, attraverso il contatto sinaptico, il clone di Y, Y2.

"Ok, e quindi adesso cosa faranno, seconda te? La volta che ci hanno mangiato è finita male per loro, purtroppo!" chiese ostinatamente U114, con leggero sarcasmo. "Abbiamo provato a stabilire un contatto con loro in vari modi, quindi quale sarebbe il modo adeguato?"

"Chi lo sa? Aspettiamo e vedremo" rispose Y2, senza modulare la frequenza, continuando a pensare a come fosse facile sbagliarsi con tutti quegli organi di senso che avevano. "Sono scombussolati e spaventati, io propongo di riprendere ognuno la propria funzionalità originale, forse vedendo al posto dell'animale il muschio colorato si sentiranno più a loro agio e riusciremo a stabilire qualche contatto."

Gli altri trovarono la proposta abbastanza logica e iniziarono a riprendere ognuno il solito aspetto, rimanendo ancora attaccati insieme nella forma del cornuto.

Sfortunatamente la reazione degli upsiliani fu del tutto contraria a quella attesa: assistendo a quella trasformazione, iniziarono a indietreggiare, arrivarono piano piano vicino alla porta, l'aprirono e scapparono fuori tutti e cinque in fretta e furia, chiudendosela alle spalle.

"E adesso?" domandò U114, burbero come sempre. "Io ve lo dicevo. Ci hanno chiuso qui dentro! Hanno intenzione di farci morire di fame? Sono troppo illogici, non capisco né loro né quello che fanno. Propongo di andare via da questo postaccio! Però per aprire la porta ci serviranno le mani, come le hanno loro, quindi dobbiamo modificare le nostri funzioni, rimodellarci e assemblarci in uno di quegli esseri. Abbiamo tutte le cellule indispensabili?"

Entrambi gli Y tacquero, sconvolti allo stesso modo di U114: nemmeno loro avrebbero potuto prevedere un simile complotto da parte dei 'parenti'.

Dopo un veloce controllo si rilevò che la modellazione era possibile e, anche se fossero mancate alcune funzioni, avrebbero potuto camminare, vedere, aprire la porta e andarsene via. Così, senza perdere troppo tempo, una upsiliana colorata di viola e arancione comparve al posto dell'animale e si diresse verso la porta del laboratorio. Imitando i loro movimenti e tirando giù la maniglia, la porta del laboratorio si aprì e gli ikigiani, sotto forma della upsiliana, uscirono nel lungo corridoio poco illuminato e pieno di esseri agitati che evidentemente gridavano qualcosa, visto che l'aria vibrava in modo violento. Si domandarono quale direzione avrebbero dovuto prendere per andare via e decisero di girare a sinistra, dove intravidero più luce. Camminavano abbastanza rapidi quando furono attratti da una grottesca porta di robusto metallo, ermeticamente chiusa ma con un grande oblò al centro, e si fermarono per un istante lì davanti, spinti dalla curiosità di guardarci dentro: l'ampia camera ben arredata e molto luminosa conteneva degli upsiliani, più grossi e massicci di altri, di uno stabile colore marrone.

"Hanno i due sessi, così dice il loro DNA. Questi qui credo siano di sesso diverso da quelli di prima, sono troppo differenti, si vede a occhio nudo" ragionò Y2.

"Continuiamo a camminare, ci pensiamo dopo a queste cose!" disse U114 nervoso. Mentre il corpo dell'upsiliana percorreva la sua strada verso la luce, gli ikigiani notarono che attorno a loro gli esseri aumentavano e correvano con dei piccoli oggetti in mano che emanavano una luce azzurra.

"Non mi piace questa loro confusione, sbrighiamoci" parlò Y finalmente, preoccupato non meno di U114.

Nel momento in cui il corpo iniziava la corsa in mezzo a una ventina di upsiliani, dall'oggetto in loro possesso uscì una fina linea di luce blu scuro che colpì il corpo composto dagli ikigiani e bruciò alcuni di loro con dei fortissimi raggi gamma, forse anche di 50 sievert - la misura del danno provocato dalla radiazione su un organismo – fortissimi, considerato che i raggi gamma naturali di Ikigai si aggiravano attorno a 2,8-3,00 nelle giornate più solari.

"Cosa stanno facendo? Perché ci stanno bruciando con dei raggi? Sono troppo potenti per noi, così ci ammazzeranno, corriamo!" gridò U114 con tutta la frequenza del quale era capace. Il corpo dell'upsiliana iniziò a correre ancor più veloce all'interno del gruppo di esseri con i raggi blu in mano, che intanto continuavano a colpirlo sul torace, nella testa e sul busto, provocando profondi buchi fumanti nel muschio, bruciandolo, ma per fortuna lasciandogli entrambe le gambe integre. Davanti all'unico occhio rimasto sulla metà della testa apparve il cielo e, aumentando la velocità, gli ikigiani arrivarono all'uscita e il corpo, ridotto a brandelli con grossi pezzi mancanti, saltò fuori dall'astronave.

"Ritorniamo in noi, nella modalità muschio, se no ci bruceranno tutti!" esclamò U114.

Quando gli esseri armati arrivarono all'ingresso, i raggi blu cessarono di sparare: l'upsiliana che stavano inseguendo era sparita, al suo posto apparve un tappetino di muschio colorato esteso, in alcuni punti ancora fumante.

Gli ikigiani sopravvissuti, non percependo più alcun rumore e aspettando qualche tempo, si clonarono sotto gli ultimi raggi solari e, per tornare durante la notte ai territori dalle loro famiglie, riuscirono a modificarsi per comporre un osceno ma funzionale organismo a tre zampe e un solo occhio, in grado di vedere e camminare.

"Certo, come no, l'amicizia con i 'parenti'! Questi 'parenti' ci stavano bruciando con delle luci gamma! Ehi, Y, chiedo a te, ancora credi che vogliano esserci amici?" brontolò U114, camminando insieme ai sopravvissuti.

Le onde elettriche in pochi secondi arrivarono su tutte le colline del coraggioso popolo che, a fiato corto, aspettava una risposta di Y, il quale questa volta non seppe rispondere: il dubbio si era annidato anche nella sua mente.

Dopo l'atterraggio delle due gigantesche macchine di metallo degli upsiliani, gli ikigiani avevano cercato in ogni modo di stabilire un contatto con loro, tanto potenti ed evoluti da sapere come trasformare una materia inorganica in oggetti utili, guadagnandosi in questo modo un enorme vantaggio per il loro sviluppo e anche il rispetto dei nativi di Ikigai, che non desideravano altro che essere notati e accettati come l'unico popolo cosciente sul pianeta, tra l'altro nato grazie a loro. Eppure gli ikigiani non erano riusciti a fare nemmeno un micro-passo verso questa impresa, che all'inizio gli era sembrata così semplice. Gli upsiliani si opponevano a ogni possibile contatto, considerandoli una qualunque vita del pianeta, forse sviluppata ma a livello dei loro animali nei recinti.

La perdita dopo l'ultimo incontro non era stata grave, i nuclei famigliari si ripristinarono in fretta clonandosi, ma gli ikigiani vollero scoprire qualcosa di più sul conto dei colonizzatori, prelevando e analizzando qualunque cellula organica che trovarono, ancora con la speranza di riuscire a presentarsi e l'aspettativa che gli esseri prestassero finalmente attenzione alla popolazione originaria del pianeta: lo scopo del loro arrivo su Ikigai, secondo la teoria iniziale di Y.

Però i 'parenti' continuavano a scavare il suolo alla ricerca dei minerali, costruivano gli allevamenti per i loro animali e coltivavano delle piantagioni di vegetali su un numero sempre maggiore di ettari del suolo, sterminando milioni se non miliardi di ikigiani. Sembrava che non volessero sapere nulla della loro esistenza, eppure avevano creato essi stessi la cellula con il doppio DNA tempo prima, facendo credere a quegli intelligenti organismi di essere lo scopo del loro ritorno.

Dopo l'attacco al corpo composto dagli ikigiani con i raggi mortali, Y capì con chiarezza che gli upsiliani li consideravano intelligenti ma non consapevoli delle loro azioni e, ancora peggio, piccoli e dannosi. Questo mise ordine nei suoi pensieri, facendogli interpretare gli ultimi eventi da un'altra prospettiva, in particolare l'episodio con gli animali di allevamento, primo tentativo di contatto diretto. Tutto faceva pensare che gli esseri non fossero venuti su Ikigai per conoscere il popolo dei nativi, ma per qualche motivo puramente personale. Forse, in fin dei conti, gli oppositori avevano ragione: 'i parenti' non erano arrivati per incontrare loro. Coprendo tutto il suolo del pianeta, i piccoli geni gli stavano soltanto dando noia, così per piantare i loro vegetali 'pulivano' chilometri e chilometri di terreno, liberandosi di quei curiosi organismi.

I piccoli sapientoni fecero un veloce calcolo e, considerando la riproduzione dei 'parenti' e i loro bisogni energetici, cioè bestiame e gli spazi per i cereali per far crescere quel bestiame, nei successivi cento anni il popolo nativo di Ikigai non avrebbero avuto più un posto dove vivere: Y si era sbagliato nel credere in una felice unione con quegli estranei e nel pensare di aver capito il loro modo di vedere la vita, fino a quel momento considerato abbastanza arcaico dagli ikigiani; commise un grave errore ancora prima del loro arrivo, facendo supposizioni basate su illusorie velleità, per le quali miliardi di suoi fratelli avevano già pagato con la vita, costretti a ripristinare la propria esistenza attraverso la fonte di memoria. Era arrivata l'ora di palesare agli upsiliani l'esistenza di un popolo autonomo, unico padrone del pianeta, assicurandosi la loro contezza anche a costo di usare la violenza, che l'evoluzione gli aveva insegnato in fretta per sopravvivere e per la quale gli upsiliani erano un enorme pozzo di apprendimento. Forse Y era troppo afflitto per come stavano andando le cose tra le due specie, o troppo arrabbiato, e ingannava se stesso e gli altri con utopiche fantasie, eppure arrivò il momento anche per lui, con amara delusione, di iniziare a reagire diversamente alla loro presenza sul pianeta e di accettare un fatto lampante, da tempo reso noto da U114: non era importante il motivo per cui gli esseri avevano portato quello spezzone di DNA, erano dei nemici e, invece di cercare un amichevole contatto, gli ikigiani dovevano difendere a tutti i costi la propria casa. Era fin troppo evidente che agli upsiliani non interessasse niente di loro, specialmente dopo l'ultimo incontro nel laboratorio: pur sapendo che avevano davanti un organismo intelligente, li avevano ugualmente chiusi nella stanza, impedendogli di uscire e condannandoli a morte certa senza i raggi solari, la loro fonte di energia, e poi li avevano bruciati con dei raggi radioattivi. Nessuno degli ikigiani riusciva a comprendere il motivo di quel genocidio sull'astronave, ma una semplice osservazione di S412 sembrava logica a tutti: gli esseri, per procurarsi dell'energia, uccidevano e mangiavano i cornuti e altri animali dei recinti, quindi uccidere era scritto nel loro DNA.

Y però su questo continuava a non essere d'accordo: i 'parenti' sapevano che avevano davanti un corpo composto da muschio colorato, quindi non commestibile come le loro bestie, e avevano cercato di annientarlo ugualmente. La domanda rimaneva aperta: cosa li aveva spinti a farlo? Dopo lunghi rompicapi, arrivò a una scioccante deduzione: gli esseri, in grado di armeggiare con qualsiasi risorsa del pianeta e arrivare su un altro mondo, avevano paura! Era stata la paura che li aveva spinti a quell'orribile azione, nient'altro che il bisogno di difendersi! Erano senza dubbio terrorizzati dagli ikigiani, i piccoli e indifesi ikigiani che genuinamente cercavano un senso alla loro monotona esistenza, trovandola nel conoscere i possessori dell'altro spezzone del loro DNA, ammirandoli ancora prima di incontrarli, bisognosi di essere apprezzati! Invece gli upsiliani, disinteressati a capire ciò che avevano davanti a causa di obiettivi di vita troppo differenti, si erano spaventati e avevano cercato di proteggersi.

La notizia arrivò a tutti gli ikigiani in un lampo, scatenando dei dibattiti, ma alla fine accettarono la nuova teoria di Y che stravolgeva del tutto la loro primitiva filosofia: possedere una genetica molto più ricca, essere più grandi e in grado di realizzare cose impensabili non significava essere superiori e non dava alcuna garanzia di potere! Il potere risiedeva nella capacità di adeguarsi, nella conoscenza e nella forte unione nel perseguire uno stesso obiettivo - tutte caratteristiche che i piccoli ikigiani possedevano - e ciò stimolava la paura negli upsiliani! Quindi, ragionava Y, il controllo e il potere stavano nella capacità di intimidire gli altri organismi? Gli ikigiani non si erano resi conto di parlare ormai di potere, un concetto che prima non esisteva nella loro semplice mentalità, ma scoprendolo si sentirono fieri e orgogliosi di se stessi.

"Quegli esseri super-complessi ci hanno creato, ma siamo noi ad averli in pugno!" era la voce che girava per tutto Ikigai e nessuno poteva immaginare a quali disastri avrebbe portato questa rivelazione, anche perché i piccoli geni non avevano ancora scoperto l'esistenza della responsabilità, amica stretta del potere.

LA PAURA

I cinque upsiliani nel laboratorio stavano esaminando il corpo del cornuto. Dopo una semplice scansione, non ebbero più alcun dubbio di avere di fronte quel microrganismo che ricopriva tutta la superficie del pianeta e comunicava con onde elettromagnetiche, e si convinsero definitivamente che la sua intenzione fosse quella di ammazzarli tutti, spacciandosi per la loro fonte di cibo.

"Se due semplici morsi dati a quegli animali finti hanno portato alla morte alcune femmine del mio popolo, di cosa è capace questo organismo?" ragionò Zu. "È decisamente più pericoloso di quanto avevamo pensato."

Le scienziate, non avendo in mano granché, mormorarono delle parole poco comprensibili, ma intanto qualcosa stava succedendo al corpo del cornuto:

iniziò a trasformarsi di fronte a loro in un animale fatto di muschio. La vista fu orrenda e le upsiliane, impreparate a una scena simile, si spaventarono a morte e iniziarono a indietreggiare lentamente verso la porta. Una visione troppo inquietante, specialmente quegli occhi composti dalle piccole piante che continuavano a scrutarle. Quando l'organismo concluse la metamorfosi, le cinque alte figure verdi erano già arrivate all'uscita e, scappando terrorizzate dalla stanza, si chiusero la porta alle spalle. Corsero lungo il corridoio, allarmando gli altri con quel colore sconosciuto: non sapevano che era il colore della paura, mai provata prima da nessuno di loro.

Zu chiamò le guardie impegnate nella protezione e accudimento dei maschi rimasti sull'astronave, che da tempo avevano sostituito gli *uploidi*, e gli ordinò di armarsi e di prepararsi a sparare a un essere che presto sarebbe uscito dal laboratorio. Beru, con il cuore quasi fermo dall'angoscia per uno dei maschi, si precipitò verso la stanza dove erano custoditi, ma vide, quasi lì di fronte, la porta del laboratorio aprirsi e uscire una upsiliana e le restò impietrita davanti. "Beru, dove stai andando, allontanati, corri verso l'uscita, siamo armati e ci penseremo noi a proteggervi, corri!"

Sentì la voce di Pawa e obbedì automaticamente, correndo anche lei verso gli altri, ogni tanto girandosi indietro per vedere cosa stava succedendo.

L'upsiliana, fatti pochi svelti passi anche lei verso l'uscita, si fermò d'improvviso davanti alla camera dei maschi e guardò nell'oblò. Fu in quel momento che Pawa ordinò di sparare. I raggi gamma blu, estremamente radioattivi e mortali, attraversarono l'upsiliana che correva verso di loro, fumando ed emanando un putrido odore, come di erba umida e maleodorante che bruciava. L'unica arma che avevano le pacifiche upsiliane non sembrava essere di grande effetto contro l'organismo nativo del pianeta, perché il corpo composto interamente dal muschio colorato, invece di trasformarsi in un mucchietto di cenere, continuava a correre, con enormi buchi vuoti e l'estremità del muschio carbonizzato, fino a che saltò fuori dalla nave spargendo un fumo puzzolente ovunque.

Le guardie armate si affacciarono, ma il corpo nel frattempo era sparito. Nel corridoio erano rimasti alcuni pezzi che stavano ancora fumando e Zu, messi dei guanti, li raccolse per vedere se qualcosa di intatto era rimasto da esaminare e poi, sconvolta e angustiata, li portò nel laboratorio: come avrebbero fatto a convivere sul pianeta con un organismo così pericoloso e ostile?

Sino a quel momento le ricerche su alcuni degli esemplari della strana pianta che ricopriva il pianeta non avevano chiarito molto: non erano state in grado di decodificare la loro comunicazione e il DNA sembrava essere una unione di muschio grigio e di un pezzo ibernato di quello upsiliano. Senza particolari approfondimenti, nulla faceva pensare a una qualche capacità eccezionale di quel semplice vegetale, tanto meno a una intelligenza consapevole. Eppure alcune sue azioni erano straordinarie: era certamente intelligente e agiva in base a qualche forte istinto che gli upsiliani non comprendevano. Forse i nativi salvaguardavano i loro territori attaccando, come essi stessi avrebbero fatto al loro posto?

In ogni caso l'impulso a difendersi da ciò che era sconosciuto spinse i colonizzatori a darsi da fare, risvegliando la paura, quel sentimento utile, scordato e sepolto molto in profondità da millenni, e in alcuni di loro risvegliando anche altre emozioni. Più di un milione di upsiliani erano letteralmente terrorizzati vedendo il nemico che si estendeva in qualunque direzione per chilometri sotto il sole, e si aspettavano da un momento all'altro un nuovo attacco.

Zu, Beru, Pawa, alcune scienziate-genetiste e due Intelligenze Artificiali si riunirono sul ponte di navigazione, lontani da tutti, per capire come calmare il popolo. In fin dei conti, avrebbero dovuto convivere con quell'organismo, non avevano altra scelta, quindi era di vitale importanza capire cosa lo spingesse ad alcune sue azioni.

In pochi giorni centinaia di upsiliane si avvicinarono sempre più alle loro abissali navi, sentendosi più protette, e vi nascosero all'interno i loro preziosi maschi. Non si vedevano più corpi colorati, il verde prevaleva su qualsiasi altra sfumatura.

Una delle due AI propose di esaminare nuovamente i campioni raccolti da Zu, sicura che qualcosa fosse sfuggito durante le analisi precedenti: restavano dei dubbi riguardanti l'istinto dei nativi. I loro comportamenti assomigliavano più a iniziative perfettamente ragionate e basate sulla logica: per organizzarsi in un corpo funzionante, imitando una upsiliana, le cellule del muschio colorato dovevano avere la capacità di prendere delle decisioni, e ciò faceva pensare a una intelligenza abbastanza evoluta, pur molto diversa dalla loro, ma cosciente ed efficiente. Questa osservazione dell'AI nessuno delle scienziate l'aveva considerata prima: il nativo era stato studiato geneticamente e, captando le onde elettromagnetiche, era stato analizzato anche il suo linguaggio, benché senza successo, ma non avevano mai valutato la possibilità di indagine tramite valutazione dei suoi comportamenti.

A questo punto l'organismo doveva essere studiato da una prospettiva differente, non più come un vegetale primitivo con degli istinti, ma come un essere ragionevole con qualche obiettivo proprio, e questo complicava tutto: quale scopo perseguiva il muschio da diventare così aggressivo e attaccarli?

Zu non credeva che avesse intenzioni irruente, ma qualsiasi piano tramasse, danneggiava e terrorizzava il suo popolo, bloccando qualsiasi loro attività. Concordò con *l'uploide* e propose di fare uno schema temporale degli eventi, basandosi su azione-reazione tra le due specie, ed effettivamente sembrò che le mosse dei nativi fossero soltanto delle reazioni alle azioni degli upsiliani.

Quindi tutto dipendeva da loro, ma non sapevano ugualmente come interagire con quell'essere ignoto e quella scoperta non portò alcuna soluzione al loro problema.

Entrò nel discorso Beru e, cercando di nascondere la sua preoccupazione per Tsur - unico maschio appartenente all'ultimo clan della loro gerarchia, che fino a quel momento si trovava ancora sulla nave con gli altri - nel vedere come altre famiglie stavano portando i maschi indietro per difenderli, propose di lasciarli tutti a bordo.

Zu, che da tempo aveva notato i sentimenti che provava la sua amica divergente, le mandò un'occhiataccia, invitandola a tacere, ma intanto concordò con lei e consigliò di riportare tutti i maschi in loro possesso sulle navi, anche se le dispiaceva sottrarre loro la gioia di correre nelle aree aperte e la possibilità di vedere il sole. L'*uploide*, che si era presentato come Ups, fece un'ulteriore proposta: "Voi state piantando dei cereali, pulendo chilometri di suolo occupato dai nativi. Credo che sia una reazione di difesa quella che hanno: invece di combattere una guerra fredda contro di loro, provate a sfamare gli animali con le alghe almeno per un po' di tempo e vediamo cosa succederà."

"Grazie, Ups, però siamo venuti per colonizzare questo pianeta, per far crescere le nostre piante e permettere ai cornuti di popolare liberi tutta la superficie" disse restando impietrita l'amica di Zu.

"Siamo arrivati qui per vivere la vita che non potevamo più avere su Upsilon: possedere delle nostre case con acri di terra pieni di animali per cacciare, avere delle città dove incontrarci, le sale riunione dove concordare gli scambi dei maschi, negozietti e strutture per lo studio. Questa tua proposta ci limita ad avere solo degli allevamenti, così non potremmo riavere nulla della nostra vecchia vita! Non siamo venuti qui per questo! Invece, credo che dovremmo capire come estirpare del tutto questo muschio, visto che una pacifica convivenza non è possibile! È soltanto un essere primitivo, nonostante sia intelligente! Non è in grado di fare nulla, di muoversi, costruire... è solamente una cellula, anche se, devo ammettere, a modo suo geniale. Si è evoluta in ciò che è grazie al nostro pezzo di DNA, un nostro esperimento riuscito male, quindi abbiamo pieno diritto di sbarazzarci del frutto di un nostro fallimento, dobbiamo solamente capire come" concluse agitatissima Beru, non riuscendo a trattenere le emozioni che la soffocavano e che ultimamente non riusciva più a controllare.

Il suo discorso aveva fatto effetto e Zu si rivolse alle genetiste, che osservavano curiosamente la sua amica coloratissima: "Trovateci un modo di annientare l'organismo. Deve pur esistere qualche virus o un batterio, qualche muffa che potremmo utilizzare, pensateci voi. Non posso credere che non siamo in grado di vincere contro una cellula! Questo è il nostro pianeta, ha ragione Beru, e ce lo riprenderemo."

Finirono la riunione su questa nota e anche se a Zu non piaceva molto quella soluzione, il suo dovere era principalmente pensare al bene del suo popolo. Guardando dall'oblò della sua cabina, vide che davanti alle due astronavi si erano già radunate almeno un migliaio di upsiliane, arrivate con i *loco* da ogni clan. Doveva parlarci, doveva tranquillizzarle, e così uscì dicendo: "State tranquille. Le nostre scienziate hanno già iniziato a lavorare per trovare la modalità per sopprimere il nemico. Molto presto ci libereremo di lui e ci riprenderemo Ikigai che ci appartiene! Nel frattempo, riportate tutti i vostri maschi qui, li terremo al sicuro a bordo delle navi, protetti dalle guardie."

Il discorso piacque alle upsiliane e sollevò il loro morale tanto da farle colorare un po' di un leggero viola e arancione, con delle sfumature in mezzo ancora di verde, e pian piano i *loco* iniziarono a volare via, liberando lo spazio di fronte alle astronavi.

Tornando dentro la nave, Zu vide Beru attaccata all'oblò della camera dei maschi e intuì che l'amica, troppo angosciata dagli ultimi eventi, non riusciva a controllare più le emozioni che provava. Le voleva molto bene e non poteva vederla soffrire, ma nemmeno poteva permetterle di compromettersi davanti gli altri, rischiando la vita.

"Portalo nella tua stanza finché non c'è nessuno qui e in fretta. Ti guardo io le spalle" le disse, avvicinandosi: si rendeva conto che in quell'istante era la soluzione più semplice e più logica.

Gli upsiliani sapevano dell'esistenza dei divergenti e Zu, che a loro insaputa li invidiava, voleva provare anche lei le emozioni di cui tutti parlavano con tale disgusto e negatività da arrivare a sacrificare, condannandoli a morte, quei pochi che nascevano con quella capacità così *intollerata*. Come erano quei pochi? Perché preferivano la morte, invece che nascondersi, e come si sentiva in quel momento la sua amica?

Beru, incredula, entrò nella stanza e trovò Tsur quieto, in piedi davanti all'oblò; lo prese per mano in silenzio e scapparono insieme verso la sua cabina, al secondo piano dell'astronave.

"Oltre a tutti i problemi che abbiamo ci manca solo questa" pensò stancamente Zu, guardandoli sparire dietro l'angolo per prendere l'ascensore. Sua nonna era stata 'sacrificata' per essersi innamorata del maschio con il quale il suo clan aveva deciso di farla accoppiare una sola volta e per aver cercato di continuo negli anni successivi di incontrarlo. Alla fine, non riuscendo più a resistere senza vederlo, aveva tentato di entrare nella camera dei maschi. Era stata presa, sgozzata e il suo corpo lasciato a marcire al centro della città alla vista di tutti. Questa era la tradizione: i geni 'danneggiati' responsabili dell'emotività dovevano essere estirpati definitivamente dalla loro genetica.

Zu non voleva che questo succedesse anche alla sua amica e così le permise di passare un po' di tempo con l'oggetto della sua passione, sperando che le emozioni che provava si calmassero. Non sapeva niente dell'amore e pensò che accoppiandosi il desiderio di Beru passasse, invece commise un grave errore che condusse a una lunga catena di eventi del tutto imprevedibile.

Intanto, doveva occuparsi di altre faccende più importanti: accogliere sulle navi i maschi, con le loro accuditrici e le guardie, che stavano arrivando.

Passarono svariati mesi in cui le genetiste si occuparono della ricerca di qualcosa in grado di colpire gli organismi nativi del pianeta, ma lo spezzone del DNA upsiliano impediva qualunque intervento dannoso: era stato modificato migliaia d'anni prima da loro stessi contro qualsiasi malattia conosciuta. Restava operare sull'altro pezzo del DNA, appartenente al muschio grigio, ma fino a quel momento non avevano ottenuto risultati significativi: ogni batterio o virus mortale gli ikigiani lo smembravano e modificavano a proprio uso prima che quello potesse agire. Dopo ogni esperimento la frequenza elettromagnetica nel laboratorio aumentava e gli upsiliani sapevano che i nativi all'esterno erano a conoscenza di ogni loro intervento. Quel piccolo esserino iniziò a sembrare quasi perfetto, per come era in grado di adattarsi velocemente a qualsiasi nuova condizione, evitando qualsiasi danno e traendone soltanto dei vantaggi: alcuni geni del DNA dei batteri gli interessavano in particolar modo perché li plasmava per migliorare la propria funzione. Però una cosa certa in quei mesi le scienziate l'avevano scoperta: i nativi dentro il laboratorio e quelli all'esterno collaboravano, scambiandosi di continuo informazioni, e questo rendeva la loro comunità perfettamente funzionante.

Dopo l'incidente sulla nave, il muschio non si vide più in sembianze differenti da quelle originali, anche se 'chiacchierava' molto ultimamente, pure di notte.

Passò più di mezzo anno per gli upsiliani prima che il nativo si fece 'risentire': modificò il DNA di svariati acri nelle piantagioni di cereali, che appassirono e morirono, utilizzando il DNA della muffa che le scienziate upsiliane avevano provato a usare contro di loro; dopo quel tragico evento avevano impostato una dieta a base di alghe marine per gli animali. Nel giro di pochi giorni gli spazi, ripuliti con fatica dal muschio e dedicati alla crescita dei vegetali, erano nuovamente ricoperti da quell'organismo, più vigoroso che mai.

Zu, non avendo trovato nulla per combatterlo, lasciò le cose come stavano, non agì in nessun modo a quell'attacco dei nativi, buttando giù definitivamente il morale già molto compromesso degli upsiliani. Non poteva rischiare, non poteva per il momento entrare in competizione con gli indigeni, perché aveva come un'unica arma che funzionava contro di loro il fuoco vivo, ma bruciare chilometri di terreno sarebbe stato del tutto inutile: l'organismo si sarebbe ripresentato troppo in fretta per utilizzarlo. Doveva trovare un'arma significativa e annientarli tutti insieme.

Quindi gli upsiliani si adattarono e continuarono ad alimentare gli animali con le alghe marine. Molti lo considerarono un passo indietro, un primo fallimento nella guerra fredda contro i piccoli organismi, e in fondo era la verità. Zu congelò momentaneamente alcuni cantieri nella città, fino a che non avesse trovato un modo per tenere testa al muschio, anche se per questo perse parecchio rispetto come capo.

Beru, approfittando del momento in cui l'attenzione di tutti era puntata sui nativi, passava più tempo possibile con il suo Tsur. Un giorno, mentre uscivano dall'ascensore, venne colta in flagrante da una delle guardie; scoppiò uno scandalo e nell'arco di dieci minuti si trovò chiusa nella camera di isolamento. Inorridita, pregò una delle accuditrici di trovare Zu, che stava volando con il *loco* per schiarirsi le idee in pace e silenzio, godendosi qualche ora di solitudine.

La notizia girò velocemente per tutta la comunità degli upsiliani, dalla città fino alle più lontane e isolate abitazioni di alcuni di loro, e tantissimi si radunarono davanti all'astronave dove tenevano chiusa Beru.

Quattro ore di attesa sembrarono un secolo per la terrificata apprendista ma, quando finalmente il capo tornò, ascoltate le testimonianze delle guardie delle quali era già a perfetta conoscenza, per fortuna, permise all'amica di ammettere di persona il suo errore e si schierò in sua difesa: raccontò che per i loro lontani antenati era normale provare emozioni e che lei, come capo assoluto, era del tutto contraria a quella antiquata tradizione e preferiva piuttosto lasciare andare via i divergenti, allontanarli dai propri clan, obbligandoli a rinunciare a tutti i benefici della loro società, lasciandoli vivere a modo loro, invece di farli morire.

Improvvisamente, scioccando tutti i presenti, uno dopo l'altro, si dichiararono divergenti un centinaio di upsiliani, tra i quali Tsur e altri quattro maschi. Forse la prospettiva di non fingere più e rimanere vivi gli diede il coraggio di uscire dall'ombra, o forse la disperazione e i sogni svaniti di una vita felice su quel pianeta li fece sentire apatici verso tutto, e questa apatia li spinse a rivelare la loro vera natura. Si misero, quindi, l'uno accanto l'altro a formare un gruppetto, sfidando con lo sguardo gli altri upsiliani.

Zu, in attesa che si scatenasse una vera burrasca, tenne nelle vicinanze dei divergenti le guardie dei maschi, ma rimase scioccata, così come anche i pochi coraggiosi, dal fatto che gli upsiliani li guardarono con orripilante indifferenza e alcuni iniziarono a volare via con i loro *loco*, liberando silenziosamente lo spazio davanti all'astronave. Nessuno si sarebbe aspettato una reazione simile: gli sguardi inerti e passivi dicevano che erano preoccupati solamente per il loro futuro sul pianeta, un piccolo gruppo difettoso di upsiliani li interessava ormai poco. Forse, una volta provata la paura, qualche altra emozione sbocciò anche in alcuni di loro, ma non avendo la capacità di riconoscerla, non ci prestarono alcuna attenzione.

"Perché tutti questi problemi proprio a me dovevano capitare?" si domandò Zu, invece agli upsiliani, ancora rimasti di fronte all'astronave, disse tutta un'altra cosa:

"Prenderò una decisione tra due giorni, devo pensarci bene, per adesso tutto rimarrà come era prima. Nessuno verrà allontanato dal proprio clan e nessun maschio lascerà l'astronave. I capi dei clan verranno qui tra due giorni per sapere la mia decisione. Adesso, senza alcuna discriminazione, tornate tutti ai vostri territori." E, finito di parlare, entrò dentro l'astronave, trascinandosi dietro Beru.

"Ti sei bevuta il cervello? Perché sei andata di nuovo con lui prima di parlare con me? Io credevo che tutto si fosse risolto quell'unica volta che ti avevo dato il permesso di prenderlo. Adesso come gestiamo la situazione? Capisci o no che di maschi non ne abbiamo, siamo quasi un milione e trecento e abbiamo solo centosei maschi! Come pensi adesso di risolvere il problema che mi hai creato? Sono stata sincera e paziente con te e tu mi ripaghi con questa moneta?" gridò Zu in faccia all'amica, stringendo i pugni dalla rabbia. Aveva il desiderio quasi incontrollabile di tirare fuori le unghie, estraibili come quelle di un gatto e lunghe quasi dieci centimetri, e strapparle la gola, ma si trattenne stupita, con la vista d'improvviso appannata, sentendo bagnarsi il viso. "Cosa mi hai fatto?" urlò nuovamente a Beru, togliendo con i pugni ancora chiusi quello strano liquido che le usciva dagli occhi.

"Zu, io non ho fatto niente, sono lacrime! Stai piangendo! Non ti preoccupare, ho pianto molte volte per Tsur… Vieni, ti voglio abbracciare. Sei molto cara per me, risolviamo tutto, vedrai, abbiamo due giorni e

Ups, quel *uploide*, è in gamba, ci aiuterà con i suoi saggi consigli. Ci inventeremo come gestire la situazione, ci sarò io al tuo fianco, come sempre" disse Beru, stringendo l'amica fortemente al petto, e la sentì calmarsi.

Rimasero così per un po', e alla fine Zu sussurrò: "È molto piacevole un contatto come questo, grazie Beru, mi sento decisamente meglio adesso e mi fido di te: risolveremo insieme tutto."

Si staccarono l'una dall'altra, si guardarono negli occhi e si sorrisero, mostrando i lunghi e affilatissimi denti.

"Trovare una soluzione non sarà semplice. Tu lasceresti che il tuo Tsur si accoppiasse con altre?" chiese Zu direttamente.

Beru non rispose, ragionò per un momento sulle parole di Zu, poi disse: "Io non lo possiedo, lui è libero di accoppiarsi con chi vorrà. E poi l'accoppiamento e il sentimento verso qualcuno sono due cose completamente diverse: io ti amo con tutta me stessa, ma noi non ci accoppiamo!" spiegò ridendo. "Pensiamoci separatamente e domani ci incontriamo con Ups. Che dici?"

"Ok, facciamo così" disse Zu, ancora stupita per come un semplice abbraccio, lo stretto contatto con un altro corpo, cambiò drasticamente il suo stato d'animo, sconvolgendola anche un po'. Dopo, riflettendo sulle ultime parole dell'amica, che riguardavano la divisione tra sentimento e accoppiamento, pensò speranzosa:

"Forse pure io ho qualche emozione e non l'avevo mai capito?" Ancora percependo il corpo e le mani di Beru su di sé, si diresse al laboratorio per sapere delle novità per poi potersi ritirare nella sua cabina: aveva urgente bisogno di riposo, si sentiva sfinita.

Svegliandosi la mattina seguente, non si rese conto di aver dormito tutta la sera, saltando persino la cena, e tutta la notte in un'unica tirata. Impreparata e a stomaco vuoto, andò nel laboratorio geologico, al momento libero dalle usuali attività di ricerca, per l'incontro con Beru e l'AI Ups, che tra l'altro già l'aspettavano da un po'. Decise di far parlare per primi loro due, così avrebbe guadagnato il tempo di ragionare su una soluzione al problema. "Allora, Beru, cosa hai pensato?" chiese all'amica, sedendosi sopra un tavolo vuoto in ferro.

Ups seguì il suo esempio e si sedette sopra un altro tavolo libero. Beru, molto emozionata per questa responsabilità, rimase in piedi, camminando avanti e indietro di fronte a loro. "Beh, ho pensato tutta la notte, immaginando vari scenari, e sono arrivata a questa idea: le coppie amorose già formate andranno a vivere insieme, se vorranno, però quei maschi dovranno continuare ad arricchire il fondo genetico del nostro popolo, accoppiandosi in base a qualche schema stabilito anche con delle altre femmine. Mi rincresce molto per loro, ma non vedo altra alternativa. Spero che Ups abbia una soluzione migliore, o tu, Zu..." finì lei, occupando un ultimo tavolo libero.

"Credo che non abbiate bisogno di tale sacrificio, è proprio a causa dell'evoluzione che è diminuito il numero di maschi, li ha considerati non più indispensabili per voi, dotandovi di partenogenesi, e in questo modo si è formata la struttura sociale che avete. D'altro lato, accoppiandovi solamente con dei maschi e cessando del tutto l'autoriproduzione, già dalla quarta o quinta generazione vi nasceranno un numero di maschi maggiore, l'evoluzione stessa provvederà perché la vostra specie non si estingua; non avrete più bisogno di stroncare le emozioni, come fate ora per quella angoscia primordiale, che possedete ancora tutti nel vostro inconscio, di non riuscire ad accoppiarvi e quindi di non procreare. Capisco che è drastico come cambiamento, ma se volete sopravvivere, dovrete farlo, a mio avviso e secondo le probabilità calcolate da me questa notte. La decisione, sempre e comunque, spetta a Zu" concluse la sua inaspettata proposta Ups, vedendo il capo immobile colorarsi di un rosso vivace con delle sfumature di fucsia - segno di stupore e felicità - e i suoi occhi fissi puntati su di lui. Questo avrebbe risolto tutti i problemi: la sovrappopolazione, la mancanza di cibo e della libertà per quei poveri maschi, chiusi e sorvegliati per tutta la vita dentro delle stanze, con l'unica possibilità di uscire per fare brevi corse e mantenere il fisico in salute, costretti ad accoppiarsi ogni giorno con femmine differenti. Sì, crollerà tutta la struttura sociale esistente da migliaia d'anni, ma ne nascerà un'altra, può darsi migliore. Anzi, sicuramente migliore, considerato che gli

upsiliani finalmente potranno provare quei sentimenti
così forti per i quali alcuni hanno preferito rischiare la
morte piuttosto che sopprimerli.

"Sì," disse Zu alla fine "facciamo così, Ups. Mi piace,
credo che sia la soluzione più conveniente per vari
aspetti. Forse riusciremo in questo modo, con il tempo,
a risolvere anche la situazione drastica con i nativi…
Comunque, annuncerò la mia decisione domani
mattina. Immagino già che caos succederà!"

Beru, inizialmente sconvolta, rise: "Succederà una
rivoluzione, immagino. Ma comunque tutti i maschi li
abbiamo noi sulle navi, comprese le tue guardie
personali. I clan vorranno prendere i loro con la forza,
dovremmo riuscire a fargli inghiottire questa pillola
amara, con le buone o con le cattive. Non tutti
capiranno e saranno d'accordo con noi, vedrai."

"Lo so. Ma la mia decisione dovrà essere rispettata!
Sono io il capo qui!" ribatté Zu.

"Se la vostra struttura sociale, basata sul numero di
maschi che possiede ogni clan, cadrà con il tuo
annuncio, logicamente perderai il tuo titolo di capo,
diventerai una come loro" intervenne nel discorso Ups.
"Però inizialmente questo non sarà capito, così dovresti
avere il tempo e le forze per impostare e far funzionare
la nuova società."

Zu e Beru si guardarono: *l'uploide* aveva ragione,
entrambe sarebbero rimaste senza alcun potere, ma
prima dovevano riuscire a mettere le basi del nuovo
regime. "Gli upsiliani ti ascolteranno perché sono

abituati a pensare e fare quello che gli si dice" concluse convinta l'apprendista.

La decisione era presa e Zu, sentendo un qualcosa di caldo e molto gradevole al petto, andò nell'allevamento, scelse l'esemplare di cornuto più massiccio e lo liberò. Aspettò che si allontanasse abbastanza e gli corse dietro, del tutto presa dalla caccia, godendo emotivamente di ogni secondo che stava vivendo. Si colorò nel frattempo di fucsia, con accentuate sfumature viola e arancione, e si sentiva felice e piena di avventatezza. Una volta raggiunto l'animale, lo afferrò, infilzò nel suo corpo, accaldato e sudato per la corsa, i lunghi artigli, agganciandosi per bene sulla groppa e rotolandosi con lui per terra. Il cornuto cercò di liberarsi e Zu azzannò i suoi fini e ben affilati denti nel collo, sentendo pulsare il suo cuore, man mano calmandolo e sottomettendolo. La lotta presto finì e la femmina felice, euforica di adrenalina, gustò con enorme piacere il suo pranzo, gioendo del pungente odore del sangue caldo.

L'indomani, davanti ai trentacinque capi dei clan, Zu, coloratissima di viola giallo e arancione, apparve con indosso la sua gonnellina preferita - proveniente dal loro povero pianeta ed ereditata dalla nonna - fatta di fili di metallo morbidissimo, abbellita con delle grosse pietre pregiate rosse e bianche. Era da sola, senza guardie in vista, ma dietro di lei il corridoio della nave era pieno di maschi. Aveva preparato un annuncio breve e semplice, ma ebbe delle difficoltà a iniziare. Guardava i capi, la maggior parte verdi con delle scolorite sfumature viola e azzurre, e provò profonda pena per loro: erano spaventati e abbattuti, senza grinta, un popolo spento e irritato. L'annuncio li avrebbe avviliti definitivamente. Si riempì i polmoni d'aria e iniziò: "Dopo studi approfonditi del nostro DNA, nel ricordo dei nostri antenati che provavano delle emozioni e dei tempi in cui di maschi se ne trovavano in abbondanza perché ancora non esisteva la partenogenesi, abbiamo ragionato. Alcuni di voi direte che quegli antenati primitivi non possedevano un terzo della nostra sapienza e capacità, non avevano ancora sviluppato una stabile struttura sociale, non avevano dei contatti visto che vivevano troppo lontani l'uno dall'altro e badavano gelosamente ai loro vasti territori di caccia, ma proprio per questo avevano delle difficoltà a incontrarsi per procreare. È allora che la natura ci ha donato la possibilità di partorire senza accoppiamento. Però oggi i nostri maschi stanno scomparendo del tutto ed è arrivato il momento di sconfiggere l'evoluzione e fare un passo indietro: niente più partenogenesi! Abbiamo allevamenti, quindi non servirà allontanarsi troppo l'uno dall'altro, abbiamo le città per gli incontri e non siamo più primitivi come all'epoca. La mia decisione è questa: le coppie che si sono formate sono libere di andare e vivere insieme per conto loro come desiderano, tutte le altre femmine si riprodurranno solo tramite l'accoppiamento. Gli altri maschi sono assolutamente liberi di uscire da questa nave e fare la propria vita. Hanno gli stessi nostri diritti, possono cacciare, costruire le case e frequentare locali di studio e potranno scegliere da soli dove e come vivere. Si intende che da oggi a tutti i maschi è consentito di accoppiarsi quando e con chi preferiscono, non appartengono più a nessun clan e sono padroni di partecipare alla vita sociale come le femmine. Se qualsiasi clan proverà a impedire la loro liberazione, sarà fermato dalle guardie. Questa è la mia decisione. Parlate adesso, se avete da dire, ma la mia ordinanza non cambierà in nessun modo."

Non parlò nessuno. Un totale silenzio durò parecchi minuti, dopo di che i capi si girarono e andarono via, prendendo i loro *loco*.

A Zu questa loro reazione non sembrò un buon segno, ma liberò i maschi ugualmente e quattro di loro si misero subito con le femmine desiderate da tempo, però altri, non avendo alcun impulso simile verso qualcuno in particolare, e non essendo in grado di cacciare o svolgere qualsiasi altra attività, tornarono a bordo della nave, scioccati dalle novità non meno dei capi dei clan: non sapevano come vivere per conto loro, abituati da sempre a essere accuditi, sfamati e addirittura lavati, si trovarono del tutto spaesati.

"Che fortuna che le guardie di tutti i clan adesso sono qui, a bordo delle navi, accanto ai maschi. Almeno sono sotto il mio controllo, e oltre a questi pochi upsiliani, nessuno possiede armi nella colonia!" pensò Zu, tornando nella propria cabina e guardando dall'oblò la sua amica allontanarsi dalla nave con Tsur.

Era l'inizio di qualcosa di completamente differente, nuovo e sconosciuto, e tutti loro ne erano consapevoli, eppure Zu non aveva considerato una cosa importante: se togli, formando un vuoto, bisogna riempire quel buco con qualcosa il più presto possibile. Aveva detto al suo popolo cosa non potevano fare, ma aveva scordato di dirgli cosa invece dovevano fare, mettendo un milione di upsiliani in una condizione di caos mentale e, nello stato attuale di guerra fredda contro l'organismo nativo, tale situazione non era per niente ben gestita: la paura di fronte alla cellula, che si era rivelata intelligente e aggressiva, creava forti dubbi riguardo al loro futuro su Ikigai e, nel totale ignoto di come sarebbe stata la loro vita con quei cambiamenti radicali, mise definitivamente in ginocchio il morale dell'intera colonia.

Andando via dopo l'annuncio sconcertante di Zu, i trentacinque capi dei clan si riunirono per un ulteriore consiglio tra loro, scontenti non solo per le condizioni che avevano trovato sul pianeta, infestato da aggressivi e indistruttibili organismi, ma anche per come stava amministrando la società Zu. Erano depressi e sconvolti dal modo in cui avrebbero vissuto da quel momento in poi: la loro vita era l'opposto di come si erano aspettati, niente caccia, niente di simile a come avevano vissuto i loro nonni, per di più non potevano più riprodursi ed erano destinati a estinguersi. Come avrebbero dovuto vivere, quale senso aveva la loro vita, se non avevano più maschi da condividere, da accudire e a cui badare, quale sarebbe stato lo scopo della loro esistenza? Non avevano più nulla per cui lottare: oltre la paura per la propria vita, non gli era rimasto altro. Stavano seduti in silenzio, pensando che in qualche modo tutto stava andando a rotoli, ma non sapevano come aggiustare la situazione e se fosse possibile aggiustarla: quell'organismo non gli permetteva di popolare il pianeta con animali da cacciare, e non potevano farci niente; Zu gli aveva proibito di autoprocrearsi, liberando tutti i loro maschi, e anche rispetto a quella nuova imposizione non sapevano come comportarsi.

Soxo, il capo del clan che in precedenza occupava l'ultimo posto nella loro gerarchia e che aveva posseduto in passato Tsur come unico maschio, disse: "Ascoltate, in realtà cosa è cambiato nella nostra vita? Non possiamo riprodurci da soli come prima? Ma qui, su questo pianeta orrendo, che senso avrebbe generare della prole, che futuro avrebbe? Eravamo venuti per vivere, costruire delle città, correre… Invece siamo chiusi dentro le nostre case a mangiare cibo da allevamento, e dovremo ringraziare se ne rimarrà ancora, visto che gli organismi hanno distrutto tutti i nostri vegetali. Quindi, cosa ci rimane, se non aspettare silenziosamente la morte? Non ci sono altri posti dove andare, oltre questo ripugnante pianeta."

Gli altri ascoltavano senza interrompere, condividendo dentro di loro quella verità amara, quando una femmina giovanissima, nata sulla nave e che non aveva ancora partorito, disse: "Invece un posto dove andare c'è: le ultime due navi viaggiavano verso la Via

Lattea, dirette sul pianeta Terra. Il problema, se mi ricordo bene, era che viveva lì un'altra vita intelligente, parecchio aggressiva. Ci si aspettava che si autodistruggessero del tutto, perché mi sembra che sia proprio questo che stavano facendo quegli indigeni: lottare uno contro l'altro. Può darsi che lì troveremo un posto anche per noi. Possiamo impossessarci di una nave-colonizzatrice e andarci. Solo che dovremmo aspettare che Zu tolga le guardie armate."

"Questa è una proposta intelligente! Prima o poi quelli andranno via dalle navi, specialmente se noi ci mostreremo tranquilli e indifferenti verso i maschi rimasti a bordo. Così potremmo salvare la nostra gente e andare via da questo postaccio!" disse speranzosa Soxo, annidando anche negli altri la speranza che per loro un domani potesse finalmente esistere.

LA SPERANZA

La speranza di volare, anche se non in compagnia dei super-esseri come amici, ritornò nella mente dei piccoli ikigiani, convinti oramai di non avere limiti nell'agire: senza alcuna conseguenza avevano ripreso interi ettari di terreno, sterminando con la muffa i vegetali piantati dai 'parenti'. Non era stata loro intenzione farli morire di fame: sapevano infatti che gli animali, mangiati dagli esseri per recuperare l'energia, avrebbero potuto sopravvivere senza alcun problema con l'inserimento nella loro dieta delle alghe marine.

L'obiettivo di quei tenaci esploratori era ben diverso: inserendosi nei corpi degli upsiliani, volevano scoprire il funzionamento delle corde vocali e capire come comunicavano tra loro. Gli ikigiani si rendevano conto che la comunicazione era il fondamento, la base dello sviluppo di qualsiasi intelligenza, e per capire l'intento degli esseri avrebbero dovuto imparare il loro strano, rumoroso e poco pratico - da loro punto di vista - modo di parlare. Y aveva notato questa particolarità già da tempo, osservandoli tramite i loro occhi, che mettendosi uno davanti all'altro e guardandosi, emettevano quei terribili rumori. Quello, secondo lui, era il loro bizzarro modo di comunicare. Scoprì inoltre che 'ascoltavano' tramite la vibrazione dell'aria, percependola tramite la loro membrana colorata, e sarebbe stato essenziale imparare anche quella capacità, annidandosi nella loro pelle. Di lavoro da fare ce ne era tanto, specialmente per le cellule che dovevano apprendere il complicatissimo funzionamento del linguaggio. Infatti, questa abilità nasceva da una complessa interazione da più parti del cervello, in particolare in quella laterale sinistra.

Oltre il meccanismo di come emettere fisicamente quei rumori con la bocca, sicuramente dotati di significato, avrebbero dovuto capire come distinguere e separare i suoni gli uni dagli altri, perché la comunicazione degli esseri si basava su singoli foni emessi insieme in una lunga onda assordante. L'impresa era davvero molto complicata e lunga, ma gli ikigiani non avevano il concetto di 'fretta', il tempo non aveva alcun valore e influenza sulla loro esistenza, non lo percepivano nemmeno, e con la scrupolosità e meticolosità che li contraddistingueva, un pezzetto dopo l'altro, riuscirono a mettere insieme quel tortuoso mosaico del linguaggio.

Erano letteralmente affascinati dalla differenza nello sviluppo che c'era tra loro e quei 'parenti' di un pianeta lontano, eppure geneticamente così vicini! Una cosa però si rivelò ben chiara ai piccoli studiosi durante il loro impegno: più complicato l'organismo era, più era fragile.

Ormai da tempo, avevano protetto il loro pezzo di DNA e avevano reso ancora meno vulnerabile quello degli esseri, già in origine preservato dagli stessi upsiliani da alcuni batteri e malattie. Praticamente, a parte per il fuoco vivo, la loro vita era indistruttibile, e anche quegli ikigiani che avevano cessato la propria esistenza fisica venivano recuperati dalla loro infallibile memoria a RNA e ricreati nei minimi particolari, benché non potessero ricevere la propria personalità, che andava persa per sempre. I 'neonati' purtroppo non possedevano la memoria personale della propria vita, delle amicizie che avevano costituito o delle esperienze e avventure che avevano vissuto: questo era un piccolo 'baco' nella perfetta struttura di quei geniali organismi, ma non c'era alcun modo di correggerlo. Il nascituro era nuovo in tutto, oltre che nel nome e nelle caratteristiche genetiche.

Era passato quasi un anno nel calendario degli upsiliani da quando i piccoli ricercatori, lavorando in centoquattordici milioni, si erano impegnati a imparare il significato di ogni singolo suono emesso dagli esseri e, al momento, ascoltandoli tramite la loro stessa pelle, capivano quelle complicate e, solo un anno prima, incomprensibili frasi.

Y, sempre diverso dagli altri ikigiani, rimase molto scosso da quello che 'sentiva' e riusciva a comprendere, riconoscendo che, pur avendo in comune un grosso pezzo della genetica, le loro due specie erano differenti in tutto. Un'altra scoperta gli era apparsa trasparente: imparare un linguaggio equivaleva ad avvicinarsi a un'altra mentalità anche se, come nel caso dei loro due popoli, quelle mentalità erano totalmente differenti e molto lontane l'una dall'altra. Capì, inoltre, che 'ascoltare' non voleva dire 'comprendere', perché fino a quel momento nessuno di loro era riuscito a cogliere in pieno il modo di pensare e gli obiettivi della vita degli esseri. Di tutto quello che dicevano, gli ikigiani avevano afferrato solamente il desiderio di alcuni di loro di lasciare il pianeta, tutto il resto, ascoltato e poi dinamicamente discusso, non gli sembrava avesse alcun senso logico, eppure già questa poca informazione gli aveva fornito un enorme vantaggio: la possibilità di volare! In quel momento era più che avverabile il loro sogno, anche se cambiavano le condizioni: avevano imparato ad assemblare in un batter d'occhio il corpo di un essere esternamente efficiente, modulando le proprie cellule e adattandole alle differenti funzionalità, appropriandosi di caratteristiche molto diverse l'una dall'altra; un corpo in grado di camminare, correre, parlare e sentire come quelli veri. Potevano arrivare a volare quasi tutti, componendosi in un numero preciso di esseri! Dovevano solamente spingerli in qualche modo a compiere quel passo, anche se non erano riusciti fino a quel momento a capire come. Non sembrava che agissero tutti insieme come gli ikigiani, elaborando le informazioni, comunicando e accettando la migliore soluzione proposta dalla maggioranza. Si era individuato che ognuno di essi agiva per conto proprio, senza alcun consulto con gli altri, quindi influire su uno di loro non voleva dire passare la comunicazione a tutti. Ascoltandoli, riuscirono a capire che la maggioranza si preoccupava della riproduzione, dei maschi e del capo, concetti che i piccoli ikigiani non afferravano ancora, e alcuni parlavano chiaramente di come conquistare delle navi e volare via da Ikigai verso la Terra. Gli ikigiani non coglievano per il momento cosa fossero 'le navi' o 'la Terra', ma sentire la parola 'volare' li emozionava tutti.

"Per iniziare, dobbiamo perfezionare la costruzione dei corpi. Nessuno ha notato che non si assomigliano tra loro? Vi dico questo perché gli esseri si distinguono alla vista e quindi logicamente non sono uguali. E poi dobbiamo migliorare l'accumulo della nostra energia. Sono arrivati con giganteschi oggetti in metallo, sembra proprio quelli che loro chiamano 'navi', e voleranno via allo stesso modo; ma noi non potremo avere la nostra fotosintesi, se resteremo in un ambiente chiuso per molto tempo" ragionava, parlando con Y, il suo vecchio amico S412.

"Avevano a bordo intere piantagioni di vegetali che crescevano senza difficoltà, quindi ci procureremo anche noi tutto l'indispensabile per recuperare l'energia, visitando quelle serre. Comunque, concordo con te, lavoreremo su un accumulo energetico maggiore. Adesso abbiamo individuato due veri problemi: uno è capire la diversità tra i loro corpi, l'altro è come possiamo costringerli a prendere le navi e volare via? Non riesco a farmi venire in mente niente" si lamentò Y.

S412, senza pensare a lungo, buttò lì la prima cosa che gli passava per la mente: "L'energia è sempre la chiave per tutto. Se gliela togliamo, saranno costretti a cercarla da un'altra parte."

"S412, sei un genio! È vero, gli esseri producono l'energia mangiando i loro animali, quindi niente animali - niente energia! È una soluzione ovvia, come ho fatto a non pensarci prima? Dobbiamo dimezzare gli allevamenti all'aperto, lasciando solamente gli esemplari da mettere dentro le navi per farli riprodurre lì. In questo modo non avranno più alcun motivo di restare su Ikigai privo delle loro risorse primarie e vorranno andare via!"

"Già… e come faremo?" chiese S412, un po' scioccato dalla 'sua' imprevista genialità.

"Parliamo con gli altri e scopriamolo, a qualcuno verrà una buona idea di sicuro!" disse Y, già mandando delle onde con le domande da sottoporre al resto degli ikigiani.

Anche se l'idea di svuotare gli allevamenti a Y era sembrata ovvia, la modalità di come realizzare quel piano non venne in mente a nessuno: non avevano ancora raggiunto il pensiero che si poteva uccidere di proposito, non per cibarsi e produrre energia, benché avessero già vissuto tale esperienza con gli upsiliani.

Passò veramente un lungo periodo prima che la mente di Y, insolita e più portata alla filosofia delle altre, arrivò alla soluzione, cercando come sempre le risposte nella memoria a RNA: avevano conservato l'esperienza negativa con le onde radioattive degli upsiliani e la possibilità di morire bruciati. Soltanto Y con il tempo riuscì a comprendere che non era stato un semplice evento casuale per difesa, ma capì la parte più importante di quanto accaduto: gli esseri li avevano bruciati non per avere l'energia! Quindi, era del tutto praticabile annientare una vita con una intenzione diversa dal cibarsi, come avevano fatto i 'parenti' con loro, per un bisogno proprio, e gli ikigiani ne avevano uno.

Parlò con gli altri e, dopo lunghissimi e faticosi dibattiti con l'intero nucleo di U, ricevette l'approvazione di quasi tutti; il suo ragionamento sembrò alla maggioranza chiaro e logico. Propose anche la modalità: una semplice malattia batterica intestinale che avrebbero indotto con la mutazione di un batterio che gli animali avevano già nel proprio intestino da migliaia d'anni per migliorare la digestione. Bastava leggermente modificarlo e triplicarlo. Conoscevano molto bene la genetica di tutto ciò che era organico in possesso degli esseri e non fu complicato modificare quell'utile batterio, rendendolo aggressivo, in modo che attaccasse l'intestino delicato degli animali, provocando una acuta diarrea e la morte di più della metà del bestiame in pochi giorni.

Come avevano previsto, il resto degli animali venne velocemente portato sulle gigantesche navi. Gli upsiliani avrebbero esaminato di sicuro i corpi morti delle bestie nel loro laboratorio, scoprendo il batterio che aveva causato quella disgrazia, modellata nel DNA da loro, e così avrebbero saputo di chi era la responsabilità, in ogni caso gli ikigiani erano fieri d'aver raggiunto un obiettivo così complicato: molti più esseri iniziarono a parlare di lasciare il pianeta e, se i piccoli geni avevano capito bene, si stavano organizzando per partire. Iniziarono a prepararsi anche loro, lavorando sodo tutti insieme sul perfezionamento nella costruzione dei corpi degli esseri, rendendoli possibilmente più simile agli originali, anche se continuavano a non comprendere in cosa consistesse la diversità tra un corpo e l'altro, e non avevano nemmeno un piano su come sostituirli in seguito: i 'parenti' non dovevano sospettare prima del tempo che avrebbero volato con i nativi, quindi tutto doveva essere elaborato alla perfezione e nei minimi dettagli.

U317 osservò che gli upsiliani occupavano trentacinque spazi differenti molto distanti uno dall'altro e, a differenza loro, non potevano comunicare se non si trovavano uno di fronte all'altro. Quindi, il modo c'era: la sostituzione poteva avvenire senza essere notata mentre gli esseri si trovavano ognuno nella propria casa, che distava sempre dalle altre parecchi chilometri, senza avere la possibilità di chiedere aiuto o avvertire gli altri. Prima però dovevano capacitarsi in che modo si distinguevano l'uno dall'altro, per essere poi riconosciuti e accettati come gli originali. Scegliendo a caso duecentocinquanta esemplari di 'parenti', alcuni ikigiani si inserirono dentro di loro, mandando delle osservazioni e le particolarità genetiche agli altri.

Non sapevano quanto tempo fosse passato, ma i piccoli esploratori non arrivarono a nessuna conclusione, tutti i corpi continuavano a sembrare identici tra loro. Un fatto però rimaneva evidente: gli esseri si riconoscevano e quindi le disuguaglianze esteriori dovevano essere ben visibili. Y presuppose che queste differenze dovessero essere trascritte da qualche parte nel loro DNA e iniziò a comparare la genetica di tutti i duecentocinquanta esemplari che aveva, gene per gene, per capire se gli stesse sfuggendo casualmente qualche 'sciocchezza'. Effettivamente di alcuni geni esistevano differenti alleli in tutti i duecentocinquanta DNA. Gli sfuggiva di sicuro qualcosa, così entrò anche lui nel corpo di un 'parente' per scrutarlo meglio da vicino e, basandosi sulle piccolissime diversità nella loro genetica, per indagare più in profondità.

Un giorno volava in uno di quei piccoli oggetti volatili e il corpo che lo ospitava scese nei paraggi delle due navi dalle dimensioni abissali, dove si trovavano già tantissimi altri, arrivati lì nello stesso modo. Parlavano della mancanza di animali e della fame e cercavano di convincere altri a partire il più presto possibile.

Y, trovandosi in mezzo a centinaia di esseri, si moltiplicò in fretta ed entrò nella corteccia visiva del 'suo' corpo per guardarli scrupolosamente uno a uno e paragonarli; lesse nel frattempo il genotipo di ognuno, attraverso la comunicazione con gli altri ikigiani, e finalmente capì di quali differenze si trattava! Avevano tutti corpi molto diversi nella loro altezza, robustezza, la forma del cranio, la posizione e il colore degli occhi, le narici e altre decine di dettagli microscopici. Parlò di questo con i fratelli che si trovavano negli altri corpi, spiegò come confrontarli e dove vedere le diversità nel DNA, consigliò di guardare meglio la forma dei corpi, per riuscire a far capire a tutti a cosa si riferisse. Dopo poco, iniziarono ad arrivargli delle conferme: gli altri ikigiani videro ciò di cui parlava Y: nel DNA degli esseri erano veramente riportate delle precise informazioni, tramandate dagli antenati di ognuno, su come dovevano diventare. Comunicò a tutti dove andare a vedere gli specifici alleli e interi nuclei di L, M e Z; per fare pratica nel modificare le proprie cellule, seguendo le indicazioni di Y, composero quattro corpi di esseri super-evoluti completamente differenti uno da altro!

A questo punto gli ikigiani erano pronti per la sostituzione, sapevano anche come farlo di nascosto.

Tutto oramai sembrava predisposto per l'inizio del viaggio!

LA DISPERAZIONE

Zu era disperata. Con il passare del tempo, più di un anno di lavori, apparve chiaro che le ricerche delle scienziate, sulla modalità di sterminio dalla faccia di Ikigai del muschio colorato, non portavano da nessuna parte: l'organismo resisteva a tutto, eccetto che al fuoco vivo, ma di certo non si poteva bruciare l'intero pianeta. Al momento la promessa fatta agli upsiliani di una vita soddisfacente sembrò a lei stessa una brutta presa in giro: ogni cosa che avevano tentato di realizzare era finita male. Anche liberare i maschi non era stata una mossa politica giusta in quel periodo così nebbioso per il suo popolo, impegnato nella guerra contro quel primitivo organismo.

Dopo che Beru se ne era andata a vivere per conto proprio assieme a Tsur, Zu si rese conto di essersi fatta trascinare dalle emozioni della sua amica e si sentì improvvisamente sola; aveva perso quasi del tutto la sua autorità e il rispetto degli upsiliani, mentre lei viveva felice con il suo maschio nella sua bella casetta a centosessanta chilometri di distanza dalla città. Si sentiva ingannata e tradita, afflitta e arrabbiata, senza alcun appoggio. Per qualche motivo ignoto era in collera con Beru, anche se la sua amica aveva fatto soltanto quello che le aveva permesso di fare. Sapeva che gli altri capi dei clan si riunivano ormai da tempo di nascosto, senza invitarla, e discutevano come e quando andarsene via da quel mondo ostile con una delle navi, progettando di portar via con loro anche quei maschi che erano rimasti a vivere a bordo della nave. L'avrebbero abbandonata sul pianeta, come avrebbero abbandonato tutti quei divergenti che erano andati a vivere per conto proprio, distaccandosi dai loro gruppi parentali e portando con sé alcuni animali per costituire dei piccolissimi allevamenti. Zu non sapeva a chi dare la colpa di tutto ciò che stava succedendo: forse non era stata istruita abbastanza bene nella gestione dal precedente capo o era solamente stupida ed emotiva, come in fin dei conti erano gli altri divergenti, ma in quasi sei anni che avevano passato su Ikigai tutto era andato a rotoli, nel verso inaspettato, e lei non aveva la minima idea di come risolvere la situazione. Gli *uploidi,* unici rimasti al suo fianco, le consigliavano di ascoltare il popolo e accontentarlo, per riprendere in mano l'autorità e il potere, e in seguito sistemare le cose.

Per iniziare, dicevano loro, si sarebbero potuti restituire ai clan i maschi rimasti su una delle navi, ma distribuendoli in parità; tra l'altro quelli che erano rimasti a vivere lì non erano in grado di badare a se stessi. In quel modo lei avrebbe avuto la maggioranza degli upsiliani dalla sua parte, e avrebbe potuto personalmente avviare i preparativi per lasciare il pianeta: ciò che quasi tutti volevano, ma non avevano un leader per organizzarsi. Specialmente dopo l'attacco dell'organismo alle loro piantagioni di cereali, che li aveva costretti ad alimentare gli animali esclusivamente con le alghe, poco cariche di proteine, gli upsiliani disperati l'avrebbero seguita. Non prese alcuna decisione, lasciando per il momento le cose come stavano, però continuava a rifletterci.

Un giorno, mentre ragionava nella sua cabina su come distribuire i maschi rimasti tra i trentacinque clan, pareggiando la gerarchia sociale, arrivò la notizia di un grave problema con degli animali negli allevamenti.

"Ci mancava solo questo" pensò Zu, andando nel laboratorio dove avevano portato un corpo da analizzare.

Due genetiste e la patologa, che già si trovavano lì, avevano condotto delle analisi. Tutti i corpi degli animali morti si presentavano malnutriti, pelle e ossa e molto disidratati. Fecero l'autopsia e diversi prelievi di sangue e liquidi addominali e scoprirono che un batterio innocuo - vissuto da sempre nel loro intestino - improvvisamente era mutato diventando aggressivo e, attaccate le pareti intestinali, aveva provocato agli animali una terribile diarrea acuta, abbattendoli in pochi giorni. Le genetiste, curiose del perché quel batterio fosse impazzito così inaspettatamente, fecero l'esame del DNA, che rivelò delle modifiche apportate dal muschio colorato.

In soli tre giorni il batterio uccise quasi la metà del bestiame che avevano negli allevamenti all'aperto.

Zu, ascoltando la conclusione delle analisi e capendo che l'epidemia era stata provocata dal muschio, si demoralizzò del tutto. Ormai era lapalissiano che l'organismo li stava cacciando via dal loro mondo e, per quanto evoluto fosse il suo popolo, non aveva alcun modo di combatterlo.

Decise di portare gli animali sopravvissuti nelle stalle dentro le navi e propose agli upsiliani di lasciare le loro case e di ritornare nelle navi-città, giacché non aveva più senso rimanere a vivere all'aperto. Il terrore regnava tra il suo popolo, avevano tutti il timore di morire se fossero restati sul pianeta.

La colonizzazione di Ikigai era fallita e la causa era un innocuo microrganismo, intelligente e consapevole delle proprie azioni, anche se di questo gli upsiliani non potevano essere sicuri ma avevano tutti gli elementi per presumerlo. Se avessero trovato prima una possibilità di contatto con i nativi, forse tutto sarebbe andato diversamente, in quel momento però si trovarono incastrati in una terribile situazione, costretti ad andarsene via… ma dove? Non avevano una casa dove tornare. La misteriosa Terra era la loro unica salvezza.

Ogni giorno si vedevano arrivare decine di *loco*, entrare nell'hangar delle due navi-abissi e parcheggiare al loro interno. Così, pian piano, su una delle navi si trasferirono quasi quattrocentocinquanta mila upsiliani, mentre gli altri ancora dubitavano sulla decisione di abbandonare il pianeta: non sapevano nulla della Terra, non avendo avuto alcun collegamento con gli altri, e avevano più paura di finire a vagabondare nell'Universo che degli organismi-assassini di Ikigai. Non volevano nemmeno separarsi, partendo con una sola nave e lasciando l'altra a quelli dubbiosi. Forse per abitudine o forse grazie alla ripartizione dei maschi che alla fine Zu aveva deciso di fare, si rimisero all'ultima decisione del capo, e lei preferì rimanere ancora per un po' sul pianeta: non aveva le forze né per una decisione né per l'organizzazione di qualsiasi genere di evento, tra l'altro uno così importante come la partenza di un milione di upsiliani. Le succedeva qualcosa nell'ultimo anno che non riusciva a spiegare nemmeno a se stessa, la sua condizione peggiorava ogni giorno che passava: era quasi sempre arrabbiata, turbata per ragioni inspiegabili e spesso afflitta e disinteressata a tutto.

La divisione dei maschi rimasti aveva veramente accontentato i clan che non ne possedevano prima o ne possedevano solamente uno, così erano quasi tutti dalla sua parte e oramai la maggioranza degli upsiliani la ammirava. Con quella ripartizione equa tutti godevano di almeno ben tre maschi, lasciando scontenti quei pochissimi alberi famigliari che prima ne possedevano quattro o cinque. Adesso, riacquistando nuovamente il rispetto e l'accettazione come capo, Zu avrebbe potuto annunciare la sua decisione, ma ogni giorno che passava, si rendeva conto che qualcosa la tratteneva: aveva abbandonato qualsiasi altro tentativo di colonizzare quel pianeta, gli upsiliani non avrebbero potuto mai essere liberi di vivere una vita come desideravano, ma per il momento non condivise quei suoi ragionamenti, lo fece solo con gli *uploidi*: il suo pietoso stato psicologico le impediva di reagire.

Un giorno, camminando lungo il corridoio del terzo piano, nella sezione abitativa dove si trovava la sua cabina, presa dai suoi pensieri, girando l'angolo verso l'ascensore, sbatté contro un'altra upsiliana e, nel ritrovarsi corpo a corpo con lei, le sovvenne l'abbraccio con Beru e capì con estrema lucidità cosa le stesse succedendo: le mancava disperatamente la sua amica! Dando finalmente una spiegazione a tutti i suoi malesseri, si sentì così meglio da poter iniziare a organizzare i preparativi per la partenza.

Non avevano cereali a sufficienza per affrontare il viaggio, calcolando gli animali rimasti negli allevamenti e quelli che sarebbero dovuti nascere sulla nave. Se fossero partiti in quel momento, sarebbero morti di inedia. Serviva cibo per il bestiame, ma non avevano alcun campo, lo continuavano a sfamare con le foglie gigantesche delle alghe marine, raccolte ogni giorno. Spesso Zu passeggiava lungo il mare e un giorno, guardando il rilassante movimento delle foglie sulle onde - alcune con oltre un metro di diametro - e sentendo il piacevole mormorio dell'acqua, notò dei lunghissimi vegetali sulla riva, alcuni ormai quasi secchi, e le venne una brillante idea! Inventò un metodo per raccoglierli in grande quantità e poterli portare in viaggio con loro: bastava essiccarli sotto il sole! Costruendo dei grossi barili di plastica e riempiendoli di quel mangime disidratato, avrebbero potuto fare velocemente una scorta abbondante. L'idea piacque agli *uploidi* che si organizzarono con alcuni upsiliani per realizzarla. Si doveva fare una riserva per almeno quattordici mesi, il termine previsto per arrivare nella galassia della Via Lattea, dove si trovava la Terra. Nello stesso tempo i cereali seminati nelle serre sarebbero cresciuti e avrebbero prodotto nuovi semi, permettendo il consumo di vegetali freschi.

Zu pensò anche ai motori dei *loco*, modificati per il nuovo combustibile: serviva una riserva di petrolio purificato per i primi periodi nell'altro pianeta, nel caso non fosse presente lo stesso minerale. Bisognava estrarne il più possibile e produrre dei barili anche per il liquido viscoso da caricare sulle navi. Calcolando il tempo che ci voleva per questi preparativi indispensabili sarebbero riusciti a partire non prima di sei mesi. Trecento upsiliani, incaricati dagli *uploidi* su ordine di Zu, iniziarono i lavori, felici di sapere che stavano per lasciare il pianeta, mentre gli altri discutevano ancora se partire o rimanere, se fosse stata giusta la divisione dei maschi e come dividere le porzioni di carne, che scarseggiava drammaticamente, non avendo più una gerarchia da rispettare: i soliti problemi della vita quotidiana e Zu si sarebbe sentita molto più tranquilla, se non fosse stato per Beru, alla quale pensava quasi ogni momento.

Non sapeva più nulla dell'amica, ritirata a vivere ancora più lontano, a quasi duecento chilometri dalla città, così, in una fredda, piovosa e grigia mattina, come erano tutte le mattinate su Ikigai prima che spuntasse il sole, prese il suo *loco* e partì per andare a trovarla.

Era passato molto più di un anno dall'ultima volta che l'aveva vista lasciare la nave con Tsur e, in quel momento, volando sopra il tetto trasparente della loro piccola casetta, percepì un forte tuffo al cuore e un insolito scombussolamento interiore, derivato dal semplice pensiero di rivederla.

"Alla fin fine, anche io sono una di quelle emotive divergenti, solo che non avevo mai avuto il coraggio di accettare questo fatto così evidente. Ormai è troppo tardi, dopo che tutti si sono dichiarati e hanno preso in mano la loro vita, se esco allo scoperto adesso sarà la fine della mia reputazione: sembrerà che non abbia avuto il coraggio di farlo insieme agli altri... Forse mi piace troppo essere il capo o sono veramente troppo fifona, chi lo sa" pensò Zu, osservando le proprie braccia e le gambe colorarsi di fucsia con delle belle strisce gialle e marroni. Aspettò di calmarsi un po', facendo qualche altro giro, prima di atterrare, per non rivelare la propria vera natura a Beru e Tsur. Poi li vide uscire dalla casa a guardare in su, attratti dal *loco* che volava sopra la loro abitazione da quasi mezz'ora.

Zu, non avendo ormai altra scelta, atterrò a una trentina di metri dalla casa, uscì e gli si avvicinò a passi lenti, per acquistare nel frattempo la solita colorazione viola-arancione. E ci era riuscita, ma mutò nuovamente al fucsia e marrone appena Beru le toccò la spalla per salutarla.

"Diamine, perché i maschi non sono condannati come le femmine a comunicare a tutto il mondo il proprio stato emotivo?" si infuriò mentalmente Zu, colorandosi subito di rosso con delle strisce marroni e alcune anche verdastre, ma non parlò e fece ridere per questo Beru.

"Amica mia, ho sempre saputo che fossi una dei nostri, ma non lo ammetterai mai, vero? Entriamo se vuoi, ho tante notizie da raccontarti!"

Zu la seguì dentro casa, continuando a restare in silenzio e sforzandosi di capire il motivo di questa sua assurda, eccessiva reazione al fatto di avere Beru accanto. Non le era mai successa una cosa così imbarazzante a bordo della nave! Aveva quasi sempre i soliti colori viola, grigio e un leggerissimo arancione, non le era mai capitato di colorarsi come un arcobaleno in presenza di altri upsiliani. La salutò anche Tsur, toccandola sulla spalla, ma non ebbe alcuna reazione emotiva a quel saluto intimo, quindi la sua conclusione fu che reagiva in quel modo esclusivamente con Beru.

I gradini verso l'interno non finivano mai, la casa era profonda quasi otto metri, in modo che fosse calda e asciutta, ed era molto luminosa, grazie al tetto in plastica gigantesco.

Il sole uscì del tutto all'orizzonte, gettando i suoi raggi all'interno dell'abitazione, e la casa si rilevò immediatamente molto più accogliente di quello che era sembrata a primo impatto: era fatta interamente con delle grosse pietre, a eccezione di un muro definito solo con nichel lucidato a specchio. L'unica camera, come da tradizione, aveva sei pareti e accanto a una, di fronte a quella in metallo, Beru aveva costruito il letto, utilizzando muschio essiccato - per sopperire alla totale mancanza sul pianeta degli alberi e di legno in generale – che aveva messo uno strato sopra l'altro rialzandolo di quasi venti centimetri dal suolo, anche quello ricoperto di muschio, rendendo l'ambiente molto confortevole. Zu non si sentiva bene, non erano quelle le emozioni che si aspettava di avere incontrando la sua amica: era venuta per vederla e ritrovare la pace interiore, invece, guardando quella casetta accogliente, dentro di lei cresceva un qualcosa di oscuro e avvilente.

"Zu, da quando sei arrivata non hai ancora pronunciato una sola parola. Ti conosco abbastanza a lungo da iniziare a preoccuparmi per te" disse Beru sedendosi alla turca sul morbido pavimento accanto a Tsur.

Zu rimase in piedi di fronte a loro, osservando il suo riflesso nel muro-specchio e ciò che vide la fece improvvisamente infuriare. "Adesso ti preoccupi per me" esplose "dopo avermi raggirata e ingannata, per seguire i tuoi desideri malati e approfittando del fatto che eri a conoscenza della mia divergenza... Sei astuta, devo ammettere, non sapevo nemmeno io chi fossi e tu non me lo hai mai accennato, dichiarandoti mia amica e tradendo la mia fiducia. Una volta ottenuto ciò che volevi, cioè il tuo maschio, e la possibilità di non essere uccisi dagli altri upsiliani grazie all'amnistia che ho concesso a tutti i divergenti per renderti felice, mi hai abbandonato, con un milione di problemi e una grossa pietra sul petto che mi ha pressato fino a ora. Adesso non dovresti preoccuparti per me, è troppo tardi. Ho risolto tutto e sono riuscita anche a perdonarti. È acqua passata, ormai" concluse Zu, avvertendo un forte giramento di testa e per questo accomodandosi anche lei sul pavimento di fronte a Tsur e Beru, colorata di 'rabbia' e 'delusione' - un misto di nero, grigio e rosso molto scuro, quasi porpora - ma non le importava più, dato che la sua amica sapeva di lei quasi tutto. 'Quasi' perché non sapeva, per esempio, che Zu si emozionava solo in sua presenza, e molto probabilmente non avrebbe nemmeno dovuto saperlo, fino a che lei non ne capisse da sola il motivo. Guardò Beru con la testa abbassata e perse tutti i colori vivaci che aveva un momento prima: si sentì emotivamente svuotata e d'improvviso molto stanca.

"Scusami, Zu, ma non posso negare che abbiamo fatto tutto questo per stare insieme e restare vivi. L'amore verso un altro essere spesso spinge a fare cose delle quali non vai orgogliosa, spesso i sentimenti sono molto più forti della ragione, credimi. Mi dispiace tantissimo di averti procurato tutti questi problemi e tanta sofferenza, ma io e Tsur non avevamo altra scelta" confessò Beru, mentre nella testa di Zu girava un'unica frase, detta dalla sua amica: "L'amore verso un altro essere ... spinge a fare cose…"

Beru ancora stava parlando e toccava ogni tanto la spalla dell'amica, intanto Zu si sentiva come annebbiata perché tutto ciò che aveva fatto era stato esclusivamente per la felicità di Beru! Ricordò tutto, ogni momento passato con lei, e arrivò a questa scioccante scoperta: "L'amore verso un altro essere ... spinge a fare cose…" Quelle parole continuavano a frullarle in testa; senza pronunciare più mezza sillaba, Zu si alzò, salì i gradini in fretta e, ormai correndo negli ultimi metri, ne saltò due o tre alla volta. Si sentiva mancare l'aria, doveva urgentemente respirare e il più lontano possibile da Beru.

Una volta fuori, udendo delle voci che la stavano chiamando per nome provenire da dentro la casa, iniziò a correre verso il suo *loco*, senza capire cosa stesse facendo. Si riprese un po' con il volo, anche se percepiva nuovamente sul petto un enorme macigno, questa volta molto più pressante da aver difficoltà a sopportarlo, pesante al punto da farla gridare come un animale ferito e da farla piangere. Le lacrime le offuscarono là vista ma le portarono una piacevole sensazione di liberazione.

Si ricordò di aver già pianto una volta e Beru in quell'occasione l'aveva abbracciata, facendola stare immediatamente meglio: non aveva più nessuno che la potesse abbracciare al ritorno sulla nave e molto probabilmente non avrebbe mai avuto nessuno per il resto della sua lunga vita.

Poco prima Beru le aveva detto: "... i sentimenti sono molto più forti della ragione, credimi..." E Zu ci credeva, perché in quel momento capiva molto bene di cosa avesse parlato la sua amica. Non si capacitava del perché e che senso potevano avere i suoi sentimenti per la sua apprendista, ma comprendeva perfettamente la motivazione delle azioni compiute da Beru tempo prima.

Da ore Zu girava sul pianeta senza alcuna meta, sforzandosi di ritrovare la pace perduta e ritornare in sé prima di rientrare sull'astronave, tanto che rischiò di finire il carburante. Per la prima volta però prestò attenzione al tramonto di Ikigai: il sole, normalmente quasi bianco e molto potente, stava morendo, colorandosi di rosso e sparendo impotente dietro l'orizzonte, ma pronto a rinascere l'indomani. Lei avrebbe dovuto fare lo stesso: morire per rinascere.

Con il serbatoio quasi vuoto, arrivò nei paraggi delle gigantesche navi, facendo caso a come stonavano rispetto alla bellezza armonica del pianeta, più che mai decisa a partire verso la Terra il più presto possibile.

Tramontando come quel sole, si era data una chance per sopravvivere, lasciando al caso l'avvenire... Inoltre, ebbe anche una certezza, convinta che fosse la soluzione migliore, se non l'unica: esiliare sul pianeta tutti i divergenti. Si era persuasa che quella era una genetica veramente danneggiata, non soltanto inutile per il suo popolo ma anche nociva: i sentimenti prevalevano su tutte le ragioni, l'aveva vissuto in prima persona, e adesso il suo primario obiettivo diventò sterminare quei geni dal loro DNA e liberare per sempre le sue sorelle da tali sofferenze. Entrò nella sua cabina vuota come la sua anima, e si buttò sul letto, sprofondando in un sonno pesante e disturbato.

L'indomani arrivò tranquillo, come mai prima da tantissimo tempo, e Zu, senza provare nemmeno fame, per non parlare di qualsiasi altra sensazione, andò a controllare a che punto fossero i preparativi del cibo essiccato per gli animali, trovandone sufficientemente in quantità per sfamare il bestiame per svariati mesi di viaggio, se parsimoniosi. Aveva fretta di lasciare il pianeta, dove viveva felicemente Beru, anche se ci sarebbero voluti almeno una ventina di barili in più di alghe essiccate e di carburante: ne avevano accumulato veramente poco. Ordinò agli *uploidi* di impiegare più upsiliani per svolgere quei lavori, assegnandogli delle porzioni di carne più ricche per incentivarli, così che nelle successive due settimane raddoppiassero sia la raccolta delle alghe sia quella di petrolio, purificandolo più rapidamente, per poter caricare tutto direttamente sulle navi. Con più lavoratori avrebbero moltiplicato anche la produzione degli stessi barili.

La data della partenza Zu l'aveva già prestabilita nella sua testa, indipendentemente dalle quantità di risorse indispensabili caricate sulla nave: entro due settimane avrebbero lasciato Ikigai. Aveva pronto anche l'annuncio per gli esiliati, intenzionata a farlo una settimana prima, per non dar loro la possibilità di salire sulle astronavi. Le guardie erano già state avvertite che i divergenti non sarebbero potuti ritornare a bordo come gli altri upsiliani. Incaricò quattro genetiste di continuare la ricerca per fermare definitivamente le nascite di upsiliani in grado di 'sentire', anche se gli era stato detto che di ciò si erano occupate intere generazioni di scienziati senza alcun successo; accettarono il compito con immenso piacere e orgoglio, preoccupate da tempo per la percentuale di divergenti spaventosamente in aumento. Così, in una sola notte, morì e nacque una nuova Zu, svuotata e congelata dentro ma sorprendentemente attiva e determinata fuori.

Il giorno prestabilito dell'annuncio arrivò e il capo assoluto, altissima ma molto dimagrita nelle ultime settimane, colorata dei tipici colori tranquilli del suo popolo - viola e leggere sfumature di arancione, con dei bellissimi, ma del tutto scarichi di vita, occhi nocciola - comunicò agli upsiliani, radunati davanti all'astronave: "Siamo quasi pronti per la partenza, fissata da me tra una settimana, quindi iniziate a spostarvi verso le navi, occupando le cabine che troverete disponibili. Non ci sarà una divisione gerarchica delle abitazioni come ci sarebbe stata una volta, quindi chi arriverà per primo prenderà il meglio. Unica eccezione: i divergenti non sono invitati, quindi non preoccupatevi di venire. Il popolo degli upsiliani dovrà essere ripulito dalla genetica dannosa responsabile delle emozioni. Rimarrete tutti qui, su Ikigai. Vi sarà lasciato il bestiame che già avete e vi verranno forniti dei semi di cereali per piantarli in futuro, se ci riuscirete. Questo è tutto, iniziate a prendere gli alloggi, upsiliani! E a tutti i divergenti: buona fortuna."

Guardò per un po' gli upsiliani increduli riacquistare dei colori e capì che concordavano con lei, poi 'accidentalmente' incontrò lo sguardo di Beru, paralizzato dal terrore, e diventò immediatamente di un rosso intenso con delle strisce quasi nere, ma non gli importò: si girò ed entrò nella nave.

Un milione e centomila upsiliani in una settimana si trasferirono sulle navi, litigando per gli alloggi migliori, ma alla fine si sistemarono tutti. Davanti alle due gigantesche astronavi per un'intera settimana protestarono i divergenti che Zu ordinò di ignorare. Lei stessa si sforzava di non guardarli ed evitava di uscire: si trovava bene nel suo stato assente e distaccato e meno di tutto desiderava qualche disturbo emotivo.

Il giorno della partenza arrivò e i massicci portelloni di entrambe le astronavi vennero ermeticamente chiusi. Prima di accendere i motori aspettarono che tutti i divergenti, abbandonati sul pianeta, volassero via con i loro *loco* e solamente dopo avviarono lo 'start'. Quando le pesantissime e ingombranti navi entrarono lentamente nell'atmosfera di Ikigai, Zu vide dall'oblò della sua comodissima ed enorme cabina le piccole stelle sparse nel buio profondo, alcune piene di vita da scoprire, come il suo dolore camuffato dall'indifferenza. Sentì cadere delle calde lacrime sulle sue mani tremanti e qualcosa di sfuggente e molto lucente, più di quelle stelle, lasciò il suo corpo per tornare sul pianeta.

L'INCONTRO

Nel piano degli ikigiani su come indurre gli esseri a lasciare le proprie case - in modo che si spostassero sulle grottesche navi e abbandonassero il pianeta, portandoli in viaggio verso un altro mondo - qualcosa decisamente non aveva funzionato: solamente una piccola parte dei 'parenti', forse un terzo, si era trasferito, per paura di fare la stessa fine del loro bestiame, invece gli altri erano rimasti nelle loro abitazioni.

"Non avrebbero dovuto aver paura, come dicevi tu?" chiedeva di continuo S412 all'amico e Y non sapeva cosa rispondere. Secondo la logica e mentalità degli ikigiani, gli esseri avrebbero dovuto ragionare nello stesso modo, e l'esempio della morte del loro bestiame li avrebbe dovuti spingere a una stessa identica azione, invece ciò non era accaduto. Per di più, gli upsiliani avevano iniziato una raccolta extra di alghe, seccandole al sole e conservandole dentro degli appositi contenitori, realizzati proprio a tale scopo, e lo stesso facevano con quel minerale liquido che avevano utilizzato per costruire vari oggetti e per far volare i loro piccoli velivoli, e gli ikigiani non ne comprendevano il motivo. Ascoltare i loro discorsi, utilizzando alcuni corpi, non aveva portato chiarezza alla situazione. "Ci condurranno in viaggio o no?" pensavano preoccupati.

Conoscendo con il tempo un po' meglio la loro struttura sociale, i nativi si erano accorti dell'esistenza di una leader e che lei - avevano già imparato come distinguere a vista anche i sessi - decideva per tutti, e quella modalità di vivere non aveva per il muschio colorato molto senso logico.

Così Y si mise dentro il corpo della leader-femmina e iniziò a studiare, più per abitudine, la sua genetica personale. Rimase abbastanza interdetto: aveva degli alleli, anche se pochi e con funzionalità per il momento ignota, che gli altri esemplari, analizzati scrupolosamente durante quasi sei anni, non possedevano. Era per quello una leader? Per quella differenza? Era decisamente qualcosa di nuovo da scoprire e la curiosità di Y non aveva limiti.

Passati alcuni mesi notò che i soliti colori degli upsiliani cambiavano più spesso, specialmente quando restava da sola con i suoi pensieri, assumendo a volte colorazioni che nessuno degli ikigiani aveva mai visto.

Già il solo fatto che gli esseri cambiassero il colore della propria pelle per i piccoli appassionati della genetica era un mistero. Non si rendevano conto che cambiavano i colori anche loro. Perché lo facevano? Perché solamente le femmine e i maschi no? E cosa scatenava questi cambiamenti?

Per salire a bordo delle loro navi ed essere scambiati per degli upsiliani, gli ikigiani avrebbero dovuto conoscerli in tutto. Dopo aver scoperto le differenze nell'aspetto esteriore, avevano necessità di sapere come, quando e perché cambiassero colorazione, per completare la modulazione perfetta dei loro corpi e non essere in nessun modo distinguibili da quelli sostituiti. Y era quasi convinto che fosse lei, il capo, la chiave per quell'ultimo enigma da risolvere.

Il tempo passava ma la soluzione non arrivava, con tutto che Y si sforzava di osservare la leader con particolare attenzione in ogni momento che lei viveva: durante il contatto con gli altri, durante il caricamento di energia, azione che veniva chiamata 'mangiare' perché consumavano grossi pezzi di cornuti sezionati, e durante le corse che faceva ogni mattina. Nulla lo stava portando a chiarire quell'arcano, fino a che un giorno il capo prese il suo *loco* per volare da qualche parte e lui, Y, volò insieme a lei. Gli upsiliani preferivano correre se dovevano andare da qualche parte non molto lontano ed entro i propri territori, ma quando dovevano allontanarsi abbastanza usavano quei piccoli mezzi volatili. Guardò, tramite gli occhi della femmina, ruotanti, in grado di osservare l'ambiente circostante a 360°, e indipendenti l'uno dall'altro, il suo mondo dall'alto e si meravigliò per quanto fosse grande e bello. Vide il sole uscire dietro l'orizzonte, invidiando in quel momento gli esseri che possedevano quel miracoloso senso della vista, un organo molto complicato da far funzionare - l'avevano scoperto quando studiavano come utilizzarlo - ma almeno adesso valeva la pena di possederlo: l'alba, chiamata aurora boreale dagli upsiliani, era incantevole, mentre colorava l'atmosfera umida di Ikigai in un miliardo di colori. Il volo, con grande dispiacere di Y, durò poco, ma intanto aveva notato che il corpo della femmina divenne coloratissimo come mai prima, nonostante fosse semplicemente seduta dentro il velivolo a guardare quello spettacolo della natura. Intuì che era il momento giusto per osservarla con particolare attenzione, perché qualcosa di importante decisamente stava succedendo, tanto importante da farle cambiare colorazione, e quel qualcosa accadeva proprio dentro di lei, dentro la sua mente. I suoi pensieri le facevano cambiare i colori, questo l'aveva capito già passando del tempo con lei, ma quali e perché? Una volta atterrati, il cuore del corpo della femmina iniziò a battere all'impazzata e Y non riusciva a comprendere il motivo di quell'agitazione, finché non vide un altro essere che le si avvicinò e le mise una mano sulla spalla, salutandola: il corpo della leader diventò di nuovo coloratissimo e il battito cardiaco le aumentò rapidamente. Tutti gli upsiliani che avevano contatti stretti con il capo dell'amministrazione e le scienziate la salutavano nello stesso modo intimo, poggiando una mano sulla sua spalla, compreso il maschio che Y aveva davanti in quel momento, ma nessuno mai aveva provocato nel capo simili cambiamenti, interiori ed esteriori.

"Quindi, il cambio di colore è provocato dai pensieri o da altri stimoli che a loro volta elicitano le emozioni, è un buon passo in avanti averlo capito" ragionò Y. "La cosa più difficile da scoprire ora è: che tipo di pensieri generano le emozioni? Forse almeno in questo si assomigliano le nostre due specie: siamo emotive."

Entrarono nella casa sotterranea, scendendo una lunga gradinata, e gli altri due upsiliani si misero seduti per terra. Il cuore della femmina continuava a battere troppo forte - mai Y l'aveva percepita in quello stato di turbamento - quando iniziarono a parlare. Parlò per di più lei, cambiando colorazione nuovamente e, quando prese la parola l'altro essere, la femmina di Y si sedette di fronte a loro, poi d'improvviso scappò via, prese in fretta il velivolo e spiccò il volo. Tutto accadde così di fretta che Y non riuscì a capire granché, si riconcentrò sul corpo della leader qualche tempo dopo, mentre stava volando. I suoi occhi si bagnarono e oscurarono la vista al piccolo ikigiano, un'altra cosa del tutto anomala e nuova e il geniale ricercatore si era ormai stancato di quegli enigmi. Y cercava disperatamente una spiegazione, la risposta a tutto era sotto il suo naso proprio in quel momento, ma continuava a sfuggirgli.

"Perché non abbiamo la capacità di leggere la mente! Quell'altra femmina l'ha sconvolta, l'ha resa strana e agitata, inducendola a cambiare spesso i colori, accelerando il battito del cuore a livelli impensabili… i ragionamenti negativi o positivi le fanno questo effetto: l'accelerazione del battito cardiaco è sempre accompagnato da cambiamenti e adesso anche l'acqua negli occhi! I pensieri provocano delle emozioni e i loro corpi reagiscono in modi diversi, tra i quali anche con la colorazione della pelle." Y arrivò a quella conclusione e comunicò la sua osservazione agli altri e gli raccomandò di analizzare i loro corpi-ospiti, collegando insieme il momento che stavano vivendo e la colorazione, dato che non potevano sapere cosa stessero pensando.

Volarono tutto il giorno e la femmina-leader variava i colori di continuo, fino a quando arrivarono nelle vicinanze della nave, e allora improvvisamente lei si calmò e, diventando viola-grigio, andò con estrema calma nella sua cabina per mettersi a letto, dove si addormentò subito.

Dal giorno dopo la femmina-leader cambiò i suoi comportamenti e le sue interazioni con gli altri mutarono in modo inspiegabile: non reagiva più a nulla, nemmeno rimanendo del tutto sola, come se non avesse più alcun pensiero o preoccupazione riguardo a niente. Y, che già riusciva a comprendere alcune cose, capì che il giorno prima era successo qualcosa di molto importante per lei da averla turbata in quel modo. Era convinto che si trattasse dei sentimenti che provava. Da allora lei non pensava più, non provava emozioni, non cambiava colori.

Lo schema sembrava funzionare e ben presto a Y arrivarono delle conferme dagli altri osservatori: i loro esseri cambiavano di poco, provando solamente alcuni sentimenti istintivi, come la paura o la felicità per aver corso o mangiato. La cosa divenne più interessante quando si scoprì che nessuno di loro possedeva gli alleli che aveva la sua femmina-capo, quindi era per quello in grado di provare delle emozioni molto più profonde e complicate, colorandosi di più. L'enigma sembrava essere risolto e gli ikigiani erano felici che quasi nessuno degli esseri possedesse tali alleli, altrimenti sarebbe stato impossibile creare un corpo in grado di colorarsi in un istante del colore giusto, senza provocare dei sospetti negli altri.

Iniziarono le clonazioni delle cellule con delle specifiche funzionalità per poter assemblare duecentottanta corpi, scelti con cura per l'assenza di alleli responsabili delle emozioni, l'altezza e la robustezza, abbastanza simili tra loro, in modo da semplificare l'impresa. Vedendo crescere il numero di upsiliani che si stavano trasferendo sulle navi, dopo l'annuncio della partenza fatto dalla femmina-leader, gli ikigiani capirono che dovevano sbrigarsi. Quelli di loro che rimanevano sul pianeta, per proteggerlo da altri possibili intrusi, avevano un compito importante e di grande responsabilità: inserirsi nei corpi che stavano per essere sostituiti per modificare i loro organi interni, provocandone inevitabilmente la morte. La sostituzione non sarebbe mai stata scoperta, perché gli esseri identici a quelli morenti stavano per salire su una delle navi insieme agli altri, lasciando i corpi originali a marcire sui pavimenti delle case, lontano dagli occhi di tutti. Gli altri ikigiani destinati a rimanere e non implicati in attività riguardanti lo scambio dei corpi, assumendo una forma in grado di vedere e camminare, si trasferirono durante la notte nei paraggi delle due navi, creando un fitto tappeto, per non suscitare alcun sospetto negli esseri su dove fosse finito quasi tutto il muschio colorato di Ikigai, che al momento della partenza si sarebbe trovato già a bordo. Il loro sogno, l'obiettivo della loro vita, si avverava: partivano a conoscere altre vite su altri mondi!

Pesanti nuvole bianche, come strani esseri viventi, passarono davanti alla vista degli ikigiani che, tutti attaccati all'oblò delle proprie camere, con immenso stupore guardavano al di fuori. Erano vive quelle *batuffolose* creature? Tutto ciò che vedevano lo comunicavano ai fratelli rimasti sul pianeta e si rendevano conto di quanto poco sapessero del proprio mondo e del meraviglioso pianeta sul quale vivevano. I corpi composti dai piccoli geni, creature da sempre estremamente raggianti ed emotive, iniziarono a colorarsi con delle assurde sfumature, come quelle dell'aurora su Ikigai, e i piccoli organismi si domandarono a causa di cosa: era la felicità o la nostalgia per quelle immense aree distese, chiamate casa, dove avevano vissuto fino ad allora.

Le creature *batuffolose* rimasero molto indietro e il colossale e incommensurabile Universo si aprì davanti agli occhi dei piccoli avventurieri, appassionati di genetica. Buio e freddo, per fortuna illuminati da centinaia di milioni di incantevoli puntini lucenti, li avevano percepiti tutti gli ikigiani, anche quelli rimasti a casa. Non riuscirono a capacitarsi se fossero davvero così piccole quelle misteriose luci o fossero semplicemente lontane, ma in ogni caso gli apparivano affascinanti. Tutto era nuovo e sconosciuto e, dopo essere riusciti a raccontare le loro ultime osservazioni, la comunicazione con i fratelli rimasti sul pianeta cessò per sempre, perché si erano allontanati troppo da casa che in quel momento sembrava una gigantesca palla grigia con una enorme macchia verde di una strana forma irregolare.

"Sarà il nostro oceano con le alghe!" esclamò Y, sentito solo da quelli che erano a bordo, e riscontrò il silenzio come risposta.

Gli ikigiani salutarono il mondo che per miliardi di anni gli aveva donato la stabilità e la sicurezza, la soddisfazione e la gioia, un pianeta che conoscevano in ogni sua molecola, per andare verso l'ignoto, tanto desiderato. Si sentirono disorientati, piccoli e soli in mezzo a quel nero, senza un orizzonte e senza avere la minima idea di cosa li aspettasse, però il pensiero di trovarsi insieme sollevò loro il morale e germogliò la speranza negli strani organismi senza un cuore vero. Non potevano negare di essere spaventati, ma lo erano stati anche quando gli esseri erano sbarcati e li avevano annientati a milioni, piantando i loro vegetali, organizzando delle cave per le estrazioni dei loro minerali e costruendo le loro città, case e allevamenti, eppure insieme avevano superato tutto e in quell'occasione erano intenzionati a fare lo stesso.

La famiglia di U, da sempre scettica su tutto, vedendo diventare il loro pianeta più piccolo ogni secondo che passava, manifestò dei dubbi sulla decisione presa dalla maggioranza sulla partenza, ma nessun ikigiano li degnò di una risposta. Forse, in un angolo molto nascosto della loro strana struttura, tutti covavano dubbi, eppure la curiosità e la necessità istintiva di imparare li spingeva ad andare avanti. Conoscevano tutto a casa propria e quasi ogni caratteristica degli upsiliani, che perseguivano qualche loro obiettivo, navigando con estrema sicurezza e determinazione in mezzo alle stelle. Dove erano diretti quegli strani e incomprensibili esseri e cosa era 'la Terra'? Un altro mondo simile al loro o non era simile per niente? In ogni caso gli ikigiani erano sicuri di adattarsi in fretta a qualsiasi condizione di vita, in special modo se quella era buona per i 'parenti', perché condividevano con loro metà della genetica.

Y, tramite gli occhi della femmina, visto che era restato nel suo corpo, aveva smesso da un po' di tempo di guardare le stelle e stava osservando il corpo magro che si rifletteva nel vetro massiccio dell'oblò. A cosa pensava lei in quelle ultime ore, senza muoversi e fissando il vuoto, mentre diventava quasi del tutto grigia con delle sottili strisce verdi? Passando un'enormità di tempo nel suo corpo, stava sviluppando una specie di simbiosi con quell'essere, senza nemmeno accorgersene. A volte percepiva le tracce di alcune emozioni, la maggior parte tristi, e anche in quel momento Y provava qualcosa di simile alla disperazione, emozione che non gli apparteneva in quel determinato istante, al contrario lui era strafelice di aver raggiunto insieme con i suoi fratelli l'obiettivo, quindi l'unica angosciata era lei. La leader era molto diversa da tutti gli altri; quel qualcosa che la rendeva così infelice riguardava l'incontro con l'altra femmina. Era da allora che lei era cambiata, diventando sempre più triste e più magra. Y voleva aiutarla ma non sapeva come e, guardandola tramite il riflesso, iniziò a preoccuparsi sul serio per lei. Non sapeva spiegarsi il motivo e non parlò di questo con nessuno, nemmeno con S412, per paura di essere ancora chiamato 'folle'. Essendo ormai un letterale rinominato con orgoglio Y, non poteva mostrarsi di nuovo come uno 'strano' e il suo popolo era troppo chiacchierone per saper mantenere un segreto.

Percepiva pure che il corpo dell'upsiliana aveva bisogno di energia, eppure la femmina non andò a mangiare, si allontanò dall'oblò e si buttò sul letto in lacrime. Si sentì 'affamato' anche lui e doveva unirsi con delle cellule modificate che avevano la funzione di accumulare energia, condividendola poi con altre cellule bisognose, così le chiamò. Davanti al robusto portone della cabina del capo in un attimo si presentò un essere, composto interamente da ikigiani, con lo scopo di prelevare e far ricaricare Y. Bussò, ma la leader non reagì, continuando a disperarsi sul letto, e lui si spaventò perché doveva caricarsi per sopravvivere. Gli ikigiani continuarono a bussare, preoccupati anche loro, lei però gridò, mandandoli via. Non c'era alcuna possibilità di avere una fotosintesi in quella cabina buia e, se nelle successive ore la porta non si fosse aperta, Y semplicemente avrebbe cessato di esistere.

I minuti passavano e la femmina si calmò addormentandosi e a essere disperato restò solamente Y. Le onde elettroniche sulla nave, provocate dagli ikigiani che discutevano sul da farsi per aiutare Y, arrivarono allo stesso livello rilevato qualche volta dagli upsiliani sul pianeta, livello che in quel momento però provocò un malfunzionamento nel sistema complicato di navigazione della nave. Suonò così una sirena di allarme che svegliò il capo e lei a malavoglia si trascinò fuori dalla cabina per salire sul ponte di comando e capire cosa stesse succedendo. Nell'uscire, sbatté contro il corpo robusto di una femmina che stava davanti alla sua porta, maledicendo e spingendola via, ma a Y questo contatto bastò per trasferirsi. La comunicazione caotica tra gli ikigiani cessò, abbassando anche il livello di elettromagnetismo anomalo sulla nave; comunque sul computer questo picco era stato registrato, provocando polemiche e preoccupazioni tra gli upsiliani: era la stessa frequenza con la stessa potenza che si registrava sul pianeta e loro non riuscirono a capire come poteva arrivare l'onda fino alla nave, considerato che si erano ormai allontanati anni luce da Ikigai.

Una volta reimpostato il sistema di navigazione, il gruppo di upsiliani sotto il comando del capitano della nave si mise a discutere e ragionare come quel fenomeno fosse potuto accadere; la leader, dopo aver ascoltato tutte le loro proposizioni, alla fine, alzandosi per ritornare a letto, disse in modo apatico: "Abbiamo a bordo il muschio colorato, è chiaro. Non lo so come si è infiltrato, ma alla scansione di tutto ciò che abbiamo di organico si rivelerà la sua presenza, ne sono sicura più che mai. Occupatevi della scansione, io vado a riposare."

Finito il discorso, uscì dal ponte di comando e si imbatté nuovamente sulla stessa femmina robusta. Non le prestò grande attenzione, sentendosi del tutto sfinita, la aggirò senza nemmeno guardarla in faccia e andò direttamente nella sua cabina, portando con sé alcune cellule con la riserva di energia e Y, che questa volta non commise lo stesso errore di rimanere sprovvisto di cibo nel corpo della femmina. Non sapeva perché fosse tornato con la leader, quando i suoi fratelli gli dicevano di rimanere con loro, ma sentiva il bisogno di capirla più in profondità.

A notte fonda, quando la femmina si era finalmente addormentata, gli arrivò la notizia che gli esseri stavano facendo la scansione di tutto ciò che era organico a bordo della nave e stavano per iniziare con i passeggeri: ci sarebbe voluto un attimo, dato che ogni cabina era dotata di uno scanner proprio. Gli ikigiani non erano preoccupati, sapevano che gli upsiliani non avrebbero fatto alcun passo per sbarazzarsi dei corpi fasulli, avendo ultimamente paura di loro, ma comunque speravano di non essere scoperti così presto. In effetti il gruppo dei comandanti non fece niente, oltre dare l'allarme su tutta la nave e chiamare con urgenza il capo al citofono. Lei, sentendo la chiamata, guardò lampeggiare la luce rossa del comunicatore per un po', svogliata a muoversi, alla fine si alzò e schiacciò quel dannato bottone di collegamento.

"Cosa c'è?" chiese seccamente, pronta ad ascoltare la notizia che aveva già intuito prima, riguardante la presenza dell'organismo a bordo: duecentottanta corpi di upsiliani erano interamente composti da muschio colorato e il comandante con il primo pilota le stavano chiedendo cosa avrebbero dovuto fare e soprattutto che fine avessero fatto i duecentottanta upsiliani veri. Lei chiuse la comunicazione senza rispondere e si sedette sulla poltrona, avvicinandola all'oblò: "Sono morti quei duecentottanta upsiliani, che domande stupide sono… è più importante adesso capire che cosa vogliono quegli organismi e perché si trovassero lì. Però, da quando sono a bordo non si erano ancora fatti vedere e non avevano provocato alcun danno, oltre quel loro chiasso che ha interferito con il computer di navigazione, ma dopo non è più successo; forse hanno intuito di aver creato un problema dal quale dipende anche la loro vita dato che siamo sulla stessa nave. Non hanno intenzione di danneggiare, questo è ovvio" sentì Y i ragionamenti di Zu, dall'inizio senza rendersene nemmeno conto e, dopo aver capito, rimase del tutto paralizzato.

"Non sta parlando, ho sentito i suoi pensieri!" esclamò lui senza volere e naturalmente in un batter d'occhio gli arrivarono alcune domande dai suoi fratelli ikigiani del tipo "di cosa sta parlando Y?" e "sei di nuovo diventato pazzo?!"

Ma lui aveva altro da fare che sentire le chiacchiere inutili dei suoi: girandosi attorno realizzò che non si trovava nella zona della nuca, responsabile della percezione visiva, ma in un posto molto più a sinistra e più su della zona dove avrebbe dovuto trovarsi, verso la parte anteriore della testa e in mezzo a una massa di cellule organizzate in modo differente, da qualche parte nel lobo frontale, che gli ikigiani prima avevano trascurato del tutto perché non gli sembrava avesse alcun collegamento con le funzionalità del corpo. Ma in quel momento Y capitando proprio lì, era finito in un vero labirinto di lunghe catene di neuroni, che comunicavano tra loro tramite sinapsi e impulsi elettrochimici. E, trovandosi in quel posto per puro caso, sentiva i pensieri della femmina-leader, captando la comunicazione neurale delle strane cellule… Adesso stava pensando anche lui, ma lei non lo sentiva, e continuava a guardare al di fuori, fissando una luce lontana, particolarmente brillante. Gli ikigiani dovevano conoscere velocemente tutta quella zona, esplorare ogni neurone e capire la loro funzionalità: quelle cellule gli avrebbero permesso di entrare davvero in contatto con gli upsiliani! Funzionavano ed erano connesse in modo differente e forse analizzandole e imitandole, moltiplicandosi e modificandosi, anche Y sarebbe riuscito, con la costruzione delle proprie reti, a comunicare con il capo. Doveva provarci!

Interpellò gli altri, dicendogli di parlare accuratamente, pochi alla volta, e chiedendo il loro parere: la maggioranza, ovviamente esclusi i seguaci di U, decise che aveva senso quello che Y stava raccontando e quindi il piccolo genio iniziò il suo lavoro, forse il più importante di qualsiasi altro realizzato prima. Erano pochissimi nel corpo della femmina, così Y si clonò a dismisura. Gli altri fratelli numerali potevano soltanto aiutare con i loro consigli o le loro osservazioni, perché si erano già modificati per l'importantissima funzione di preservare e condividere l'energia. Lavorò sodo, prosciugando le riserve energetiche dei tantissimi ikigiani, accorgendosi con stupore quasi da subito che le cellule erano molto simili a loro, come fossero gemelli. Per la prima volta nella sua vita vide una cellula quasi identica a se stesso, con la differenza di essere molto primitiva e con una sola funzione. Non impiegò molto tempo a creare un proprio circuito e inserirlo in mezzo a quelli originali.

"Dovrebbe funzionare" disse tra sé finendo, e in quell'esatto momento la femmina reagì, si alzò dalla poltrona davanti all'oblò, nella quale si era addormentata nelle ultime ore, senza più salire sul ponte di comando, dove gli altri la stavano ancora aspettando.

"Decisamente devo mangiare qualcosa, ho pensieri confusi e sogni troppo strani nella testa, tra l'altro mi sono del tutto scordata che devo risolvere il problema dei microrganismi. Come credono posso fare?" pensava lei, dirigendosi alla mensa per prendere un grosso e succoso pezzo di carne crudo.

Gli Y clonati, fino all'ultimo numero, rimasero in silenzio, intuendo che la femmina aveva sentito Y parlare e per quello si era svegliata. Lui voleva entrare in comunicazione con lei personalmente e gli Y numerali non potevano ignorare il volere del loro letterale. Attese con grande pazienza che la femmina si saziasse, non aveva mangiato nulla negli ultimi giorni. Mentre aspettava, mandò un segnale agli altri ikigiani per avere nella mensa un corpo che gli potesse fornire delle altre cellule con la riserva energetica: nel corpo della leader gli Y numerali erano diventati troppi per essere ricaricati dalle cellule ancora piene. Nella mensa entrò in fretta una upsiliana, un corpo fasullo composto dagli ikigiani, si avvicinò alla femmina e la salutò, toccandole la spalla, come da tradizione, e trasferendo in quell'attimo alcune centinaia di cellule piene di riserva energetica.

"Questa non so nemmeno chi sia, per quale motivo mi tocca, tra l'altro mentre mangio? È un saluto estremamente privato... può darsi che sia uno di quei corpi falsi, ma che mi importa..." si domandò il capo, guardando il corpo allontanarsi e uscire dalla mensa senza pronunciare nemmeno una parola dopo quello strano saluto. "La carne è freschissima, immagino abbiano ammazzato un cornuto proprio per me..."

Non pensò più all'episodio con la strana upsiliana accaduto appena due minuti prima, azzannò un altro grosso pezzo e il sangue le sgocciolò sul mento. Mangiava con grande gusto, come se sentisse quel sapore per la prima volta nella vita, invece Y, nel frattempo, individuava alcune catene di cellule che si erano sviluppate da pochissimo, creando dei collegamenti anomali e tra l'altro attivi in quel preciso istante: comunicavano tra loro con dei deboli 'impulsi elettrici', e lui cercava di capacitarsi su cosa fossero, cosa stavano facendo e principalmente sul motivo della loro esistenza. Erano delle cellule nuove, si vedeva a occhio nudo... Non poteva entrare in contatto con loro, perché erano una catena differente e avevano un linguaggio tutto loro, non poteva neanche abbandonare la struttura funzionale che aveva creato durante le ultime ore.

Dopo essersi saziata, la femmina si alzò e con passi veloci andò sul ponte della navigazione, dove gli altri ancora la stavano aspettando. Y la percepiva diversa, sentiva come se le sue emozioni fossero cambiate quasi all'improvviso: sembrava essere tranquilla, sicura di sé e rilassata, la sofferenza e la disperazione sostituite da una anomala allegria e indifferenza a tutto ciò che le succedeva attorno.

Essendo il capo, doveva suggerire al capitano e al suo gruppo di comando che fare con i duecentottanta corpi estranei: "Che cosa potranno fare con quei corpi? Un bel niente. Gettarli nello spazio? Sembrerebbe una soluzione ovvia ma non è così: sicuramente a bordo ci sono altri organismi singoli, inseriti di nascosto. Clonandosi, diventeranno tanti e ci procureranno dei problemi dopo la morte violenta degli altri, come quella volta sul pianeta..." ragionava, camminando lungo il corridoio poco illuminato.

Y sentì che fosse il momento giusto per interagire con lei, non avendo nessun altro upsiliano nelle vicinanze, e così disse: "Il mio nome è Y, appartengo al popolo degli ikigiani - il muschio colorato come ci chiamate voi - e adesso mi trovo nel tuo corpo. Non ti voglio fare del male, non ti spaventare, stavo cercando la possibilità di comunicare con voi e finalmente questa notte l'ho trovata."

Il corpo di femmina si fermò di scatto, sentendo quelle parole nella sua testa, e, incredula, disse a se stessa, parlando a voce alta: "Sto chiaramente impazzendo, adesso sento delle voci..."

"No, no! Non stai impazzendo, esisto veramente! Sono uno di quegli organismi del pianeta che stavate combattendo, il mio nome è Y! Noi da tanto tempo cercavamo qualche modalità per comunicare con voi, ma siamo riusciti solo adesso e anche per puro caso; ho trovato un modo e posso rispondere a qualsiasi tua domanda, se ne hai qualcuna, e spiegarti tutto quello che vuoi sapere."

La femmina, con piccoli passi, cambiò direzione e invece di andare sul ponte di navigazione, dove la aspettavano da molte ore, tornò nella propria cabina. Nell'entrare, sentì il comunicatore squillare, accendendosi questa volta con la luce verde, e rispose dicendo che sarebbe arrivata entro poco tempo, facendoli attendere ancora. Si avvicinò alla poltrona, rimasta sempre vicino all'oblò, e si sedette, guardando il proprio riflesso nel pesante e deprimente buio, alleggerito un po' dalle piccole luci lampeggianti delle stelle.

"Y, ci sei ancora? Parlami" disse lei ad alta voce verso il suo riflesso.

"Sono sempre qui, non c'è bisogno che parli a voce alta, basta che pensi e ti sento. Se dal ponte di comando si collegheranno al circuito di videocamere e ti vedranno, risulterà molto strano che parli da sola con il tuo riflesso" rispose lui, emozionatissimo.

"Hai ragione… Ho un'unica domanda per te: il motivo per il quale ci avete cacciati via dal pianeta" le chiese Zu, questa volta mentalmente e la risposta di Y la scioccò.

"Noi aspettavamo il vostro arrivo da molto, molto tempo, non ti posso dire di preciso da quando perché il tempo non fa parte della nostra vita, forse cento anni o forse solo dieci, proprio da quando abbiamo prestato particolare attenzione al vostro pezzo di DNA che fa parte di noi. Sapevamo che sareste tornati sul pianeta, dove avevate lasciato una parte di voi, di un essere molto evoluto; intenzionalmente o no, avete partecipato alla creazione di una vita consapevole della propria esistenza, la nostra. Abbiamo studiato il vostro frammento di genetica più a fondo possibile, 'scongelando' quasi il 40 per cento di geni ibernati, per presentarci a voi all'altezza di possederlo. Era diventato lo scopo della nostra esistenza conoscervi e farvi vedere come siamo stati bravi, evolvendoci da una cellula che stava per morire, ma siamo stati costretti da voi stessi a cacciarvi via. Dopo che siete arrivati, ci avete denigrato e disprezzato in tante occasioni, e abbiamo capito che avevate inserito parte della vostra genetica dentro il muschio grigio solamente per qualche vostro esperimento. Vi è sembrato di non essere riusciti a ricavare quello che avevate desiderato! Non sappiamo cosa avreste voluto ottenere, ma abbiamo capito che non avevate in mente noi.

Tutto è andato storto dal primissimo giorno, non come avevamo sperato: voi, nostri creatori e vicini 'parenti' - come vi abbiamo considerato - avete iniziato a distruggerci da subito, anche se cercavamo in ogni modo di entrare in contatto, ma ogni tentativo risultò disastroso per entrambi. Purtroppo, eravamo smisuratamente differenti e questo lo abbiamo realizzato troppo tardi, non c'era verso di comprenderci, avevamo anche obiettivi opposti: voi colonizzare il pianeta e noi essere giudicati alla pari.

Tutto è andato in modo sbagliato… specialmente dopo che avete bruciato quel corpo composto da noi sulla nave. Ci avete fatto capire che forse dovevamo agire nello stesso vostro modo per essere notati e compresi. Però i nostri sforzi sono stati vani: avevate sviluppato solamente paura nei nostri confronti e quella vi ha spinto ad andare via dal pianeta. In quel periodo anche i nostri obiettivi erano cambiati: volevamo volare e conoscere altre forme di vita. Avevamo sentito che parlavate di un altro mondo e la nostra curiosità e voglia di imparare ci ha spinto a sviluppare un piano per salire a bordo con voi. Vorrei sottolineare che inizialmente volevamo solo essere visti, accettati e apprezzati per quanto siamo stati bravi a sopravvivere e preservare la vostra genetica su quel pianeta ostile che era pur sempre la nostra casa. Siamo molto tristi che ci abbiate percepito solo come dei nemici."

Zu tacque. Tutto ciò che aveva detto il piccolo microrganismo, nascosto da qualche parte nella sua testa, aveva senso e, ricordando gli eventi degli ultimi sei anni sul pianeta, forse aveva ragione. Fino a quel momento, prima che lui parlasse, li vedeva come dei microorganismi dannosi, anche se non poteva negare ciò che avevano intuito tutti gli upsiliani: possedevano una intelligenza coscienziosa.

Però il loro aspetto da insignificante muschio li confondeva. Non avevano mai pensato di stabilire un serio rapporto con l'alieno di Ikigai, nato tra l'altro con l'aiuto della loro stessa genetica: gli ikigiani non gli servivano, si aspettavano di riscontrare sul pianeta almeno una ricca vegetazione, se non si era sviluppata la vita animale. Però, trovata una terra dove vivere, gli upsiliani erano convinti di aver fatto del loro meglio per conoscere i nativi. Zu ragionò e comprese invece che, oltre le ripetute prove per decifrare le onde elettromagnetiche, non avevano fatto alcun passo avanti. Sinceramente, pensandoci bene, non erano interessati a capire il muschio, la loro priorità era di trasformare Ikigai in casa. Non riuscivano a considerare i microorganismi alla pari con quell'aspetto e rispettarli come popolo, eppure in quel momento si trovavano insieme in viaggio verso un altro pianeta: gli upsiliani per necessità di avere una casa, senza la sicurezza di aver un posto per loro, e gli ikigiani per avventura e divertimento nell'esplorare nuovi mondi. Improvvisamente, nel riflesso dell'oblò a Zu apparve il viso di Beru quando annunciò la sua intenzione di abbandonarli perché erano differenti, e provò di nuovo un terribile dolore al petto che Y percepì subito.

"Che cosa ti turba così tanto, femmina?" si permise di chiedere, intanto che lei continuava a tacere. Stava ricordando i sei anni passati sul pianeta, ogni momento e ogni loro azione, e capì molto più di quanto detto dal muschio. Vide chiaro come era antiquato e poco elastico il loro modo di percepire il mondo e quanto chiuso era il suo popolo, quanto sbagliava lei a non seguire il proprio istinto. Tutto ciò volò in un attimo nella sua mente e Y non riuscì a captare i pensieri in modo chiaro, ma percepì alcune emozioni che lei provava e uno di quei ragionamenti gli era apparso limpido e gli svelò un po' il suo stato d'animo. "Ho fatto un terribile errore, non dovevo lasciarla lì, non era quello che volevo realmente..." pensò Zu, alzandosi e uscendo in fretta dalla cabina, per dirigersi sul ponte di comando. Aveva ben chiaro cosa fare con i duecentottanta corpi, composti dai microorganismi, probabilmente parecchio più intelligenti e sviluppati di loro, e riconosceva nei piccoli geni una enorme apertura verso lo sconosciuto e il diverso. Capì molto dal racconto di Y, quello che gli altri upsiliani non avrebbero mai compreso senza possedere delle emozioni. Sapeva perfettamente cosa fare, entrando nella sala di navigazione dove gli altri si annoiavano in silenzio aspettandola.

"Sarò molto breve perché ho molto da fare. I duecentottanta corpi rimangono sulla nave. Vorrei anche che fermiate immediatamente le ricerche genetiche sull'annullamento delle nostre emozioni: è stato un mio grave errore dare questo ordine. Dobbiamo seguire un'altra strada che ci porterà a un enorme miglioramento nella vita della nostra specie che, come sapete, si sta estinguendo; avere emozioni è un grande vantaggio nell'adattarsi e sopravvivere. Gli organismi alieni, quelli che si trovano a bordo di questa nave, entreranno in contatto con voi e vi aiuteranno: sono molto più sviluppati di noi e, nel manipolare la genetica e organica in generale, sono dei fenomeni. Loro sono nostri amici, lo erano dall'inizio ma li abbiamo ignorati e snobbati. Dopo avergli parlato vi assicuro che sono nostri complici e ci aiuteranno: sono riusciti a entrare in contatto con me e voglio accettare il loro aiuto per non commettere gli stessi errori che abbiamo commesso su Ikigai, arrivando sulla Terra. Voglio che da adesso iniziate a lavorare sull'inserimento degli alleli delle emozioni persi e già la prossima generazione dovrà possederli. Solamente in questo modo riusciremo a colonizzare l'altro pianeta: avremo a che fare con dei nativi in possesso di emozioni e per questo sono in vantaggio rispetto a noi. Per restare in vita dovremo comprenderli e nella situazione in cui ci troviamo questo non sarà possibile. Come già ho detto, i microorganismi nativi di Ikigai ci daranno una mano in questa impresa. Le emozioni ci aiuteranno a prevalere anche sugli altri clan degli upsiliani che dovrebbero già trovarsi lì, lo so che vi sembra insensato, ma fidatevi di me e fate quello che vi ho detto. E... buona fortuna" concluse, uscendo in fretta dalla sala di navigazione e lasciando tutti senza parole. Dirigendosi nella propria cabina, ascoltava distrattamente la voce di Y: "Per darvi una mano con le ricerche e con lo scongelamento degli alleli ibernati, alcuni corpi composti dai miei fratelli dovranno entrare nel vostro laboratorio."

"Sì, non ti preoccupare" pensò superficialmente lei, perché aveva in mente tutta un'altra cosa da organizzare oltre quella ricerca, ma il suo pensiero non era più limpido e quindi Y non riusciva a capire cosa fosse intenta a fare quella imprevedibile esplosiva femmina. Trovandosi nella sua testa sì clonò e creò alcune cellule adatte per l'apparato visivo, per almeno vedere ciò che stava combinando quel corpo. Dopo aver finito, i cloni gli comunicarono che la femmina era già nella cabina dove viveva uno dei corpi fasulli e, osservandolo con curiosità, la leader chiese a Y: "Gli dici per favore di recarsi nel laboratorio? Loro sanno parlare, vero?"

"Sì, parliamo perfettamente la vostra lingua, ma non capiamo molti concetti" gli rispose lui, già entrando in contatto con gli ikigiani e spiegandogli la situazione. Disse anche che gli esseri sarebbero diventati loro amici, dopo che lui aveva parlato apertamente con la femmina-capo, provocando enorme gioia nei suoi fratelli.

Il corpo degli ikigiani fece alcuni passi in avanti verso Zu e le disse con voce rauca: "Faremo tutto ciò che è in nostro sapere."

"Grazie!" rispose lei, non comprendendo del tutto il significato; lasciò la cabina e andò al laboratorio per avvertire le scienziate che stavano arrivando dei rinforzi e che la collaborazione con i microrganismi era già stata confermata. Spiegò che gli ikigiani sarebbero dovuti entrare nei loro corpi e in seguito negli occhi e nelle zone responsabili di queste attività della testa, per avere la possibilità di parlare con loro e vedere quello che avrebbero fatto.

"Per una collaborazione questo è indispensabile. Non sentirete alcun disagio, in questo momento ho gli ikigiani sia nella testa sia negli occhi e mentalmente sto parlando con uno di loro" li tranquillizzò, vedendo il loro stupore. Lasciò il laboratorio scientifico delle genetiste e corse lungo il corridoio che non finiva mai.

Y, stando costantemente in contatto con i propri cloni che si occupavano del sistema visivo del corpo, scoprì che il capo non andava alla propria cabina. Arrivata in fondo all'astronave e preso un ascensore, stava scendendo al piano '0' dove si trovava una grande camera di decompressione piena di armadietti con delle tute spaziali e una stiva con più di cinquanta portoni blindati che si aprivano verso l'esterno, per volare direttamente nello spazio. Per accedere alla stiva serviva un codice che il sistema computerizzato generava nuovo ogni giorno e del quale era in possesso soltanto il capitano della nave. Entrò nella camera e indossò la tuta: solo così si poteva accedere alla stiva priva di ossigeno, dove si trovavano, accuratamente parcheggiati su dei massicci scaffali in metallo a tre piani, tutti i *loco* degli upsiliani e quindici navette-esploratrici. Depositò l'impronta oculare che il sistema le chiedeva e digitò il codice di dodici cifre, rubato nella sala di navigazione poco prima, quando ingenuamente il capitano lo aveva lasciato in piena vista. Nonostante si fosse accesa una luce rossa lampeggiante, il portone si stava lentamente tirando su.

"Cosa hai in mente, femmina?" chiese Y.

"Il mio nome è Zu e adesso vedrai tutto da solo. Stai anche guardando, vero?"

"Non io direttamente, ma alcuni di miei cloni adesso si trovano lì e mi stanno raccontando."

"Bene!" rispose allegramente Zu e Y percepì la sensazione di liberazione e di felicità che lei provava in quel momento. "Devo ringraziare te, Y, di trovarmi qui, mi hai aperto gli occhi e mi hai fatto vedere delle cose che erano nascoste a causa della mia ottusa cecità, la stessa di tutto il mio popolo. Mi hai fatto capire il valore di alcuni aspetti fondamentali della vita ai quali non avevo mai prestato attenzione, grazie a te adesso vedo con lucidità ciò che è veramente importante e ciò che è del tutto irrilevante."

Quella volta toccò a Y rimanere in silenzio, mentre elaborava quanto gli aveva detto Zu. Fino a poco tempo prima gli ikigiani credevano che gli esseri super sviluppati fossero migliori in tutto, fortunati di possedere un corpo più adatto per lo sviluppo tecnologico della società e poter costruire le navi per spostarsi a loro volere, vedere il mondo che li circondava con un organo visivo e poterlo percepire anche tramite il tatto e l'olfatto, funzionalità che ai piccoli modificatori della genetica mancava per considerarsi perfetti. Così loro avevano sempre creduto, eppure in quel momento Zu stava smontando la loro teoria della vita felice. Quindi la felicità non stava nel possedere i sensi, le gambe e le braccia, ma in qualcosa che gli ikigiani non avevano ancora compreso o forse al contrario avevano posseduto da sempre senza mai accorgersene? Loro si sentivano sempre soddisfatti...

Mentre ragionava, gli arrivò la comunicazione che Zu stava salendo i gradini degli scaffali che contenevano le navette-esploratrici e lui le chiese di nuovo, questa volta preoccupato: "Cosa intendi fare, Zu?"

"Ora vedrai, farò finalmente la cosa giusta e mi sento molto felice per questo! Mi hai liberata da me stessa, Y."

Stava maneggiando il pannello elettronico dell'apertura della porta della navetta, non avendo l'autorizzazione, e alla fine riuscì: "Tutto è molto vecchio, mio caro amico, i macchinari hanno quasi cinquecento anni e hanno sempre bisogno di manutenzione."

Y si trovava seduto in una delle navette-esploratrici ed entrò in comunicazione con gli altri ikigiani. Doveva salutarli, ormai aveva realizzato cosa Zu era intenta di fare: lo portava con sé senza dargli la minima possibilità di uscire fuori dal suo corpo; lui le serviva sul pianeta, dove stava tornando per la sua amica. Tramite Y avrebbe potuto stabilire il contatto con gli ikigiani rimasti e riparare l'incomprensione iniziale tra le due specie, provare a costruire insieme una vita migliore. La piccolissima colonia di esiliati con gli anni avrebbe popolato Ikigai con degli upsiliani diversi: tutti in possesso degli alleli delle emozioni, aiutati dai piccoli modificatori della genetica. Sarebbe iniziata una nuova era per l'antica specie grazie alla piccolissima colonia dei divergenti.

Il pesante e arrugginito portone finalmente si aprì verso lo spazio e la navetta spiccò il volo, portando via dalla nave Zu e Y, complici del nuovo inizio.

DIVERGENTI

La partenza da Ikigai ognuno la visse a modo proprio, ma in modo ancora più differente si sentivano quelli rimasti sul pianeta.

Gli esiliati, increduli, guardarono sparire in mezzo alle nuvole le due astronavi, poi restarono nei paraggi per un po' sperando che il loro popolo tornasse a prenderli, ma ciò non accadde nemmeno a sera tarda. Le notti su Ikigai non erano fredde ma tenebrose sì, e gli upsiliani man mano si ritirarono ognuno a casa propria. Non rimasero però a disperare a lungo, concordando di incontrarsi nuovamente la mattina dell'indomani: forse era meglio così, si dissero, senza quegli sguardi di superiorità degli altri; in fin dei conti avevano tutto ciò che serviva loro per continuare a vivere e così decisero di trasferirsi nella città, che ancora non era stata completata, per stare più vicini. Ormai non serviva più risiedere a chilometri di distanza uno dall'altro, non avevano nulla da cacciare e quindi non dovevano dividersi i territori. Su alcuni dei locali che gli upsiliani avevano cominciato a realizzare non appena arrivati sul pianeta, i divergenti apportarono delle modifiche per renderli abitabili, e misero insieme i loro animali in un unico grande recinto. Quei locali erano destinati a essere trasformati in scuole, accademia delle scienze, in negozi di arredamento e di abbigliamento e in sale-conferenze per le riunioni dei capi dei clan, dove progettare gli accoppiamenti scambiandosi i maschi o semplicemente prestandoseli, utilizzando come moneta di scambio pietre preziose misurate in base alla grandezza e la purezza.

Per i mangimi dei loro pochi cornuti, raccoglievano le alghe marine, sfruttando la geniale idea di Zu per essiccarle e riempire dei contenitori giganteschi in plastica, risparmiando così tempo e fatica.

Passati a malapena sei giorni dalla partenza dei clan, Beru si accorse di essere incinta di Tsur e raccontò la bellissima notizia agli altri. Era una fortuna che in mezzo ai divergenti fossero capitate ben due scienziate: avrebbero potuto seguire per i successivi due anni quelle pregiate gravidanze e prossimamente istruire la nuova generazione, giacché anche altre quattro femmine, seguendo l'esempio di Beru, confidarono di essere rimaste in dolce attesa tramite l'accoppiamento. Gli upsiliani non possedevano il concetto di monogonia nella loro mentalità ed erano estremamente sinceri, così

Tsur e altri tre maschi rivelarono di essere entrati in intimità con alcune delle femmine single, attratti dalle loro bellissime gonnelline piene di gioielli che mostravano appena i loro muscolosi fianchi. Le femmine single incinta si sentivano un po' invidiose delle altre madri, che vivevano insieme a un maschio e avrebbero cresciuto la loro prole con un'educazione diversa, ma allo stesso tempo erano contente che la loro piccola comunità avrebbe avuto dei piccoli nati nell'amore e senza partenogenesi, e non perdevano la speranza che almeno uno degli otto neonati potesse essere di sesso maschile. Gli altri potevano riprodursi come facevano prima e, anche se non provavano alcun piacere e nemmeno avevano la voglia, parlando tra loro decisero di farlo, per tramandare alla successiva generazione gli alleli responsabili delle emozioni.

Il muschio colorato pian piano si era trasferito nei paraggi della città degli esseri abbandonata su Ikigai, senza intervenire in nessuna loro attività: entrato nei loro corpi si limitava a osservare tramite i loro occhi. Leggendo il DNA di ognuno di quegli upsiliani, gli ikigiani capirono che sul pianeta erano rimasti quegli esemplari rari che possedevano gli alleli del capo Zu, con il quale era partito Y. Anche lui, in qualche modo, era considerato un divergente tra gli svariati miliardi di suoi fratelli, fin dai tempi lontani della sua strana mutazione, quando ancora si chiamava K111. Si rendevano conto della sua diversità e stavano ancora studiando i suoi cloni, lasciati da lui sul pianeta, eppure tutti i loro sforzi non portavano da nessuna parte: i cloni sembravano essere come gli altri, anche se Y sicuramente non lo era. Non assomigliava infatti a nessuno di loro, sembrava un essere del tutto differente con caratteristiche singolari, nonostante ciò, mancava enormemente agli ikigiani rimasti sul pianeta. La sua grinta e i pensieri insoliti, che senza volere seminava tra loro, erano svaniti insieme a lui e la vita dei nativi si era trasformata in quella consueta e noiosa che avevano avuto prima della sua mutazione. Comunicavano poco, anche perché avevano poco da dire, e così, un giorno tedioso passava dopo l'altro, quando d'improvviso nel cielo apparve una navetta che scendeva velocemente in direzione della città.

"Ehi, sono io Y! Mi sente qualcuno laggiù?"

Scoppiò un vero schiamazzo tra gli ikigiani del pianeta che iniziarono a parlare tutti insieme, increduli di aver udito la voce di Y.

"Siamo noi, io e Zu, la femmina-capo. Lei è una divergente e ha accettato con orgoglio il proprio stato... Fate spazio per l'atterraggio! Non vogliamo schiacciare nessuno di voi."

Proprio davanti agli occhi degli upsiliani il muschio colorato attorno alla città iniziò a riunirsi in un orrido essere inimmaginabile, con un solo occhio e tre zampe, e si allontanò zoppicando verso le colline assolate. Ancora sbalorditi, anche se sorprendentemente non spaventati da quello che avevano appena visto, gli esseri notarono nel cielo una loro navetta-esploratrice diretta verso la città, curiosi di chi la guidava e del perché fosse tornata. Tutti insieme non avrebbero potuto entrarci dentro per raggiungere le navi-città, quindi non veniva per portarli via. A differenza delle navi-colonizzatrici, le navette-esploratrici erano molto agili e veloci, potevano ospitare al loro interno quasi sessanta upsiliani ed effettuare lunghi voli interstellari. Però Beru dentro di sé era quasi certa che avrebbe visto Zu aprire il portone e uscire, e non sbagliò.

Così, dopo pochi minuti, Zu in persona, colorata come un arcobaleno, apparve di fronte a tutti.

Di certo non si era aspettata di essere accolta a braccia aperte, ma nemmeno aveva immaginato quell'agghiacciante silenzio. Il suo corpo snello, molto dimagrito nelle ultime settimane e più alto di quello della maggioranza delle femmine, superando due metri in abbondanza, in totale solitudine stava davanti alla navicella e guardava un gruppetto di coloratissimi upsiliani. Fece alcuni passi nella loro direzione e disse con la sua solita voce imponente: "Ho commesso un errore ma non mi pento, perché solo allontanandomi da voi ho provato l'intera gamma di emozioni della quale prima non immaginavo nemmeno l'esistenza. Ho conosciuto anche quelle molto dolorose, che mi hanno fatto soffrire, stravolgendo tutto il mio essere, però stare accanto a voi è sempre meglio di quel vuoto che alla fine si era impadronito di me. Devo ringraziare uno dei microrganismi di nome Y, uno di quelli che prima abbiamo snobbato e per i quali siamo scappati via dalla paura: abbiamo dovuto ammettere la loro superiorità trovandoli a bordo della nave. Y è riuscito a entrare in contatto con me e a farmi capire l'inevitabilità di accettarsi ed essere orgogliosi di ciò che siamo per stare in pace con noi stessi, e così vi confesso con fierezza: io sono una di voi!"

Furono le prime parole dette al gruppetto di divergenti, guardandoli uno a uno negli occhi, finché non incontrò lo sguardo della sua adorata Beru e continuò: "Devo comunque le miei scuse a tutti per avervi abbandonato, e specialmente a te, mia cara amica, per non essere stata onesta. Quello che ho provato al nostro ultimo incontro mi ha spaventato a morte, provocando in me una forte rabbia che mi ha spinto a fuggire, nella speranza di liberarmi di tutti quei sentimenti sconosciuti, ma in realtà non ho fatto altro che peggiorare la mia situazione... grazie a Y, che mi ha spiegato che non si può fuggire da se stessi, eccomi qui."

"Non ti ho detto nulla di simile!" protestò nella sua mente Y, ma lei lo ignorò, avvicinandosi all'amica e abbracciandola.

Zu pensò in quel momento di essere più pazza di tutti i divergenti per aver abbandonato la nave ed essere tornata lì, come una volta veniva considerato Y in mezzo ai suoi, ma non le importava. Si sentiva a casa, accettata e capita, e quella grossa pietra che le aveva premuto sul petto tutto quel tempo svanì in un istante, specialmente dopo aver abbracciato Beru.

"Io non ho una casa, amica, posso vivere con voi per un po' di tempo?" le sussurrò all'orecchio.

Beru accettò volentieri quella richiesta, piangendo: "Mi sei mancata da morire, Zu. E sai... diventerò mamma!"

Zu la corresse: "Saremo due mamme per il tuo piccolino! Ci sarò sempre per te, te lo prometto... Vedrai, sarà un maschio identico a Tsur!"

Si allontanarono, camminando una accanto all'altra e tenendosi per mano: avevano molto da raccontarsi e condividere.

Nel frattempo, Y ebbe una accesa discussione con gli ikigiani rimasti sul pianeta e spiegò loro come aveva scoperto la possibilità di comunicare con gli esseri. "Alla fine, è molto semplice: dentro la loro testa, nella parte alta quasi frontale, dove prima sembrava che non ci fosse nulla di importante, gli upsiliani hanno delle cellule quasi identiche a noi, non è per niente difficile creare un collegamento extra ed entrare in contatto con loro. C'è un solo inconveniente: noi possiamo sentire i pensieri degli upsiliani, ma non viceversa, dovremo parlare come facciamo di solito per farci sentire." Promise di spiegargli dopo il procedimento di come sviluppare quelle reti, appena avesse clonato un numero giusto di cellule adattate a quello scopo, in quel frangente però era occupato e non poteva lasciare la mente della femmina. A esser del tutto sincero con se stesso, stava vivendo assieme a lei quel magico momento di pacificazione tra i due esseri che si volevano bene e lui, come era successo altre volte, riusciva a provare ciò che provava Zu.

Il tempo passato nella navetta esploratrice, Zu e Y non lo avevano sprecato inutilmente: avevano fantasticato su come le due specie si sarebbero potute unire per realizzare insieme uno straordinario e sorprendente progetto. Y aveva scoperto che le stelline luminose attorno a lui, in realtà, erano degli interi giganteschi mondi molto lontani e alcuni dei quali probabilmente avevano sviluppato delle forme di vita. Così nacque il loro sogno, che poteva essere concretizzato solo se le due specie avessero collaborato: insieme, in fondo diversi ma anche molto simili, avrebbero potuto esplorare uno dopo l'altro quei pianeti alla ricerca della vita.

"Quelle luci nel buio non sapete cosa sono!" raccontava emozionatissimo Y. "Non sono degli organismi viventi, no, ma sono miliardi di mondi come il nostro o può darsi ancora più belli! Immaginate quanti di quelli possono essere abitati! Possiamo volare lì, dobbiamo solo costruire un'astronave."

Il clone di U317, al suo solito in modo scettico, domandò: "E come pensi di costruire una nave? Forse ti sei fatto crescere un paio di mani mentre passeggiavi nello spazio con gli esseri? Cosa sappiamo noi di quella complicatissima tecnologia?"

"Di tecnologia nulla, ma sappiamo tutto sulla genetica e della biologia! Facciamo una nave con quello che sappiamo fare, tra l'altro avremo l'aiuto e l'insegnamento degli upsiliani" rispose Y. "Gli esseri hanno bisogno di noi come noi abbiamo bisogno di loro, se vogliamo avere il progresso. Collaborando strettamente possiamo fare di tutto, saremo insuperabili! Il destino ha voluto che una piccola colonia di questi divergenti rimanesse qui: in realtà sono una nuova generazione, più adatta alla sopravvivenza dell'antico popolo. Potremmo costruire delle navi organiche e intelligenti, coscienti della propria esistenza, che non avranno bisogno di carburante e computer di navigazione, non saranno lente come quelle fatte in metallo, ma furbe e razionali, autonome e in diretta comunicazione con noi, e andremo a esplorare l'Universo. Insieme agli upsiliani potremmo farlo! Quelle luci nell'assoluto e infinito buio, quei lontanissimi mondi, come mi ha spiegato Zu, potrebbero ospitare anche una vita cosciente. Per qualcuno che guarda il cielo stellato in questo istante da uno di quei mondi distanti e alieni, noi siamo una di quelle piccolissime stelline lucenti... non è impressionante!? Potremmo un giorno incontrare quel qualcuno… Ma per arrivare a questo, dobbiamo organizzare una esistenza che funzioni per entrambi i popoli su Ikigai. E per iniziare, ai nostri esseri divergenti servono urgentemente dei maschi, vediamo se possiamo modificare i loro embrioni e farli nascere."

Sì, Y era mancato decisamente agli ikigiani! In soli dieci minuti dal suo arrivo aveva tirato su di morale tutti i letterali rimasti sul pianeta e fissò dei nuovi obiettivi straordinari, tra l'altro raggiungibili se perseguiti insieme agli upsiliani.

Beru e Tsur si erano trasferiti in città, prendendo un locale, inizialmente nato per essere un negozietto di gonnelline, l'orgoglio di ogni femmina che le addobbava con delle pietre pregiate e dei metalli lucenti a proprio gradimento, un'abitudine rimasta dalla profonda antichità, per attrarre i maschi.

A Zu piacque la piccola ma comoda casetta dell'amica ed era finalmente appagata nel vivere accanto alla sua preziosa Beru. Molto spesso parlavano di Tsur e di come era diversa la vita per conto proprio, senza dover dare retta a ogni ordine del capo-clan come avveniva nel passato e di quanto felici si sentivano i maschi liberati, anche se per loro non era stato semplice abituarsi al fatto che nessuno si stesse più occupando di portargli il cibo, sistemarli e farli divertire.

"I primi tempi Tsur si dimenticava di lavarsi e addirittura non mangiava, non sapendo cosa si fa per avere un pezzo di carne! Ci sono volute alcune settimane prima che si abituasse all'idea che ormai era per conto proprio e doveva pensarci da solo a queste cose!" le raccontò ridendo l'amica. "I primi giorni io gli ho dovuto insegnare come si ammazza un cornuto, ti immagini?"

"Be', non dovevi procurargli tu del cibo? Se lo possiedi, non era diventato compito tuo?" le chiese un po' spaesata Zu, visto che anche per lei una vita di quel genere era del tutto nuova.

"Io non lo possiedo, io lo amo. Lui è libero, ricordi?" rispose Beru e Zu capì al volo cosa intendesse e sperò che Tsur prima o poi avesse dei rapporti anche con lei.

La loro convivenza non prometteva d'essere semplice, almeno all'inizio: Tsur non aveva preso bene l'abbandono della colonia sul pianeta e Beru sperava che, una volta conosciuta Zu come lei la conosceva, con il tempo avrebbe potuto cambiare la cattiva opinione che aveva della sua amica. Ma lui era orgoglioso e testardo, la incolpava e tratteneva una forte rabbia contro quella femmina, anche se ogni tanto inconsciamente il suo sguardo scivolava sulle sue cosce muscolose, appena coperte da una gonnellina brillante di zaffiri, diamanti e disegni fatti con il filo lucidato di nichel.

La soluzione della convivenza trovata da quei tre fu da esempio per alcune femmine-single, restate incinta tramite accoppiamento, e anch'esse si trasferirono per vivere in tre o quattro con i maschi con i quali avevano procreato: l'idea sembrò perfetta a tutti quanti.

Intanto, i piccoli geni erano già all'azione senza perdere tempo: il primo passo che fecero fu di controllare se fosse possibile ancora intervenire nella genetica degli embrioni formati tramite accoppiamento e sette degli otto feti vennero trasformati con successo in maschi. Y decise di non dire nulla agli upsiliani di questo piccolo aiuto per il futuro della colonia, preferiva fargli credere che era stato l'accoppiamento con dei maschi la causa; anche voler assistere alla gioia delle future mamme fece la sua parte nel prendersi quella responsabilità. In quel periodo tantissimi ikigiani erano riusciti a parlare con gli upsiliani, dopo aver seguito le istruzioni scrupolose di Y e aver costruito specifiche reti modificandosi e apprendendo le funzioni delle cellule cerebrali, così simili alla loro stessa struttura da fargli venire i brividi. Alcune famiglie letterali avevano dichiarato di voler occuparsi di ciò e scoprire come era possibile tale fenomeno: la somiglianza di quelle cellule poteva essere del tutto casuale?

Invece gli altri seguirono il piano di Y: la progettazione e realizzazione dell'astronave intelligente.

Le femmine upsiliane più studiose, quelle con la conoscenza migliore della genetica, insieme agli ikigiani annidati nella testa in costante contatto con la loro mente e nell'apparato visivo per vedere le stesse cose dei 'parenti', si occuparono di analizzare quali parametri avrebbero dovuto avere le cellule in grado di sopravvivere nello spazio aperto del cosmo. Con quelle cellule, in seguito, avrebbero dovuto modellare la loro astronave intelligente. Era comico vedere di tanto in tanto qualche femmina che iniziava a parlare da sola a voce alta in agitazione, mentre discuteva animatamente con il 'suo' ikigiano, ma per fortuna riuscivano sempre ad arrivare a un accordo, specialmente quando il discordante piccolo costruttore genetico si consigliava con il suo popolo e le riportava i ragionamenti di svariate migliaia di genetisti di Ikigai. Non era strano che le argomentazioni di un miliardo di testardi e molto scrupolosi nativi, vincessero sempre: potevano contare su un database immenso da consultare!

Erano solo all'inizio di quella folle impresa, ma erano sicuri che sarebbero riusciti unendo il sapere e la capacità fisica delle due intelligenze. Anche i maschi, prima privati della possibilità di imparare mentre erano il materiale di scambio tra i clan, erano impazienti di studiare e iniziarono a frequentare la scuola. Alcuni di loro in pochi mesi appresero il difficile alfabeto upsiliano, basato sui simboli concettuali, e riuscirono a leggere semplici frasi. I 'loro' ikigiani studiavano insieme ai maschi, per conservare quel sapere tramite l'infallibile archivio della memoria.

In pochi mesi fecero passi da gigante, sino a che Y, insieme ad alcune famiglie letterali e una femmina upsiliana, in passato apprendista di un ingegnere, progettando l'interno della nave, si scontrarono con un, a prima vista, irrisolvibile problema: l'impossibilità di avere un allevamento di animali a bordo, fonte di energia, l'unico cibo che i carnivori upsiliani potevano consumare. Dopo lunghi e irrisoluti dibattiti, Y dichiarò l'impossibilità di smaltire la quantità smisurata di anidride carbonica (CO2) prodotta da quella quantità di animali e i loro rifiuti all'interno della nave-organismo. Già era stato problematico trovare il modo per il filtraggio dell'aria respirata dagli stessi upsiliani... Molto depresso, parlò con Zu del fatto che fosse improbabile realizzare una nave-organismo e le spiegò la causa.

Demoralizzati entrambi discussero tutta la notte alla ricerca di una possibile soluzione, quando all'improvviso Zu si ricordò della sua invenzione di essiccare le alghe marine da usare come cibo per gli animali a bordo delle navi-colonizzatrici. Potevano fare lo stesso con la carne? Senza aspettare l'alba, Y si consigliò con gli altri ikigiani a cui l'impresa non sembrò fattibile: la carne, prima di essiccarsi, sarebbe stata aggredita dai batteri macrofagi, in parole più semplici sarebbe marcita.

"Voi, che sapete tutto di tutti su questo pianeta, inventatevi qualcosa per non farli sviluppare! C'è qualcosa che li possa uccidere?" chiese Zu, non abituata ad arrendersi, convinta che Y prima o poi avrebbe trovato come risolvere il problema, e non ebbe torto. Non passò nemmeno una settimana che sentì la voce euforica nella sua mente: "Il sale! Sale dell'oceano! Raccogliete il sale facendo evaporare l'acqua, salate per bene le strisce di carne cruda preparate prima. I batteri non verranno! Però la carne non avrà più lo stesso sapore, siete sicuri di poter fare questo sacrificio e mangiarla in seguito?" chiese lui. "Dovrete prima provare se per voi sarà possibile usare questo tipo di fonte energetica."

Non possedendo gli instancabili e astuti AI che potessero dare loro una mano, della estrazione di sale se ne occuparono i maschi, desiderosi di sentirsi utili. In un solo mese riuscirono ad avere la giusta quantità di sale per fare una prova con il corpo di un cornuto. Lo dovevano smembrare, disossare e fare di tutto il resto dei bocconi non troppo grandi, ricoprendoli per qualche tempo con il sale. In una settimana la carne fu pronta, già secca abbastanza ma di sapore disgustosa e salatissima. Gli upsiliani con forte nausea e ribrezzo mordicchiarono quello che una volta era un bello e sanguinoso boccone di carne.

"Se è disidratato, forse lo si può reidratare?" pensò Zu, gettando alcuni pezzi in una tanica con l'acqua. "Non credo che diventerà più nauseante di ora."

In effetti, dopo qualche ora i pezzi divennero molto meno salati, più morbidi e alla fine, una volta che gli upsiliani si abituarono, più mangiabili. Tutti fecero la stessa prova, e dissero che con il tempo e una grande fame si sarebbe potuta mangiare. Facendo dei semplici calcoli sul tempo + il numero dei lavoratori sarebbero riusciti in tre anni a preparare una riserva di cibo in grado di sfamare circa un centinaio di upsiliani durante sei mesi. A quel modo, per un viaggio duraturo gli sarebbero serviti almeno otto anni di lavoro, calcolando l'aiuto dei piccoli e l'aumento notevole dei cornuti, per non portare con loro l'allevamento, lasciando su Ikigai allo stato brado un gran numero di animali e piantando per loro dei cereali. Sarebbero tornati prima o poi, e avrebbero trovato il pianeta come lo avevano desiderato sin dal loro arrivo.

L'importante era però che il problema fosse risolto, e decisero di adattarsi al cibo nuovo, consumandone ogni giorno una piccola quantità per abituare il loro sistema digerente.

"Sei stata geniale, Zu!" la lodò emozionato Y, parlando un giorno di come aveva risolto quel grave dilemma. Lei, con noncuranza, gli rispose: "Grazie, caro", ma si sentiva in realtà veramente in gamba.

Di carne adesso ne serviva molta di più, per il cibo quotidiano e da essiccare, e di procurarne in quantità maggiore se ne occuparono i piccoli ikigiani: clonarono alcuni degli embrioni degli animali incinta e crearono dei gemelli, raddoppiando così le nascite.

Volò un anno e nessuna delle due specie avrebbe saputo dire qual era il reale bisogno di realizzare quella nave-organismo intelligente. La vita sul pianeta si stabilizzò per entrambi i popoli. Crescevano dei cereali in alcune zone non lontane dalla città, dove avevano già liberato otto coppie di cornuti per la loro riproduzione in libertà. Però sia gli ikigiani sia gli upsiliani erano aggrappati a questo progetto e lo portavano avanti con ostinazione. Forse gli serviva un obiettivo comune per mettere delle radici più profonde alla nascita di una società del tutto atipica, composta da due coscienze geneticamente non troppo lontane, che condividevano una stretta, quasi simbiotica esistenza.

La famiglia di Tsur si allargò con l'arrivo di altre due femmine, anche loro incinta di lui, ma il maschio condivideva il letto solamente con Beru, suo vero e unico amore.

Nemmeno Y lasciò più Zu, da quel memorabile giorno in cui si erano conosciuti, guardando insieme il suo riflesso nel buio dell'oblò della nave. Trovò in lei la sua anima gemella e scoprì per primo la sua gravidanza. Senza dire nulla a nessuno, modificò anche quell'embrione in un maschio, come lei avrebbe desiderato, e, considerando l'ottima genetica di Tsur e la costante sorveglianza di Y, il piccolino prometteva essere forte come il padre e intelligente e molto emotivo come la madre. Y aveva scrupolosamente controllato ogni gene, fino all'ultimo, preoccupato di non tralasciare nulla e, se avesse dovuto aggiustare qualcosa, sarebbe sempre stato in tempo per farlo. Una volta che si era assicurato dell'ottimo patrimonio genetico della creatura, finalmente trovò la pace, anche se dava ogni tanto una controllatina, consapevole dell'altissimo e inaffidabile fondo radioattivo del pianeta.

Di quando in quando Y e Zu si domandavano se sulla nave-colonizzatrice avessero eseguito il suo ultimo ordine e se stavano lavorando all'inserimento nella loro genetica di quegli 'alleli della felicità'.

"Gli mancano, senza alcun dubbio, ma non lo sanno…" pensava Zu, ricordando la sua vita prima di tornare sul pianeta. Però era più probabile che il nuovo capo avesse fermato tutte le iniziative, fin troppo all'avanguardia, messe in piedi da Zu per salvare il popolo originario di Upsilon. Eppure lei vedeva con estrema lucidità che gli upsiliani e il loro modo di vivere erano perfetti per quel mondo morto da più di cinquecento anni, ricoperto di ghiacci, che avevano lasciato alcuni secoli prima, ma ora era il momento di cambiare, adeguandosi alle richieste più innovative dell'evoluzione: erano troppo antiquati con il loro stile di vita esageratamente statico per sopravvivere nell'Universo moderno.

VERSO LA TERRA

Appena Zu si trovò nella cabina di decompressione per indossare la tuta ed entrare nell'hangar, dove erano parcheggiate tutte le navicelle e i *loco* appartenenti al suo sfortunato popolo, scoppiò l'allarme e la sirena non si calmò fino a che non ebbe lasciato la nave, andando nella direzione opposta al pianeta Ikigai. Quando il massiccio sportello si chiuse, ritornò il silenzio e il computer comunicò che tutto era di nuovo regolare e che una navicella-esploratrice aveva abbandonato la nave, senza una scansione della retina oculare del capitano ma solo quella del capo, con un codice di sicurezza correttamente inserito e tutte le altre precauzioni necessarie rispettate.

I capi dei clan, il capitano e i comandanti della nave si riunirono sul ponte di navigazione e chiamarono invano la cabina vuota della leader.

"Dove si è diretta?" si chiesero, guardando sul radar il puntino rosso della navetta allontanarsi e, dopo che era sparita del tutto, decisero di fare una scansione della cabina di Zu, pur sapendo di trovarla vuota.

Dovevano prendere un po' di tempo per ragionare su cosa e come comunicare al popolo. Il capo, in totale solitudine, si era diretta verso una direzione sconosciuta. Cosa le era successo? Dopo alcune ore, seguendo ciò che prescriveva la normativa nel caso in cui si fossero trovati senza un capo, ma più che altro per mantenere la calma sulla nave, annunciarono agli altri upsiliani la loro triste perdita.

"Zu, il nostro capo e leader, che ci ha condotti verso una nuova terra da colonizzare, ci ha lasciato. Il forte stress, dovuto agli avvenimenti degli ultimi mesi, ha fatto crollare la lucidità della sua mente. Siamo tutti grati per i cambiamenti e le innovazioni introdotte da lei nella nostra comunità e la ricorderemo con onore e rispetto."

In effetti, alcuni upsiliani iniziarono a ricordare di aver notato dei cambiamenti nel suo umore e anche i suoi comportamenti insoliti nell'ultimo periodo non erano sfuggiti alla loro attenzione. Alla fine, tutti raggiunsero la conclusione ovvia che fosse impazzita: proprio ciò che insinuava il consiglio in quell'annuncio del quale aveva studiato accuratamente ogni parola. La 'pazzia' delle femmine non era una novità per il popolo upsiliano, anticamente accadeva abbastanza spesso a qualche poverina sul loro pianeta nativo di perdere il senno e abbandonare la propria casa e il proprio clan, sparendo per sempre da qualche parte. Zu aveva fatto lo stesso, abbandonando la nave e dirigendosi verso l'ignoto. In entrambe le navi ormai da ore gli upsiliani si sussurravano la novità: anche se non gli era stata fornita alcuna informazione al riguardo, l'abbandono della nave e la follia erano una spiegazione perfetta per la sua fuga. Di sicuro molti l'avevano osservata e questa conclusione sarebbe stata più semplice da digerire. Alcuni mostravano dispiacere per la 'povera' Zu, altri discutevano di chi sarebbe diventato il loro prossimo capo e altri ancora non provavano e non pensavano nulla, del tutto indifferenti all'accaduto. I comandanti si dispiacquero di più per la navicella-esploratrice persa per sempre, ma fortunatamente ne avevano ancora tante.

In memoria di Zu, che aveva inserito nella loro società molte utili riforme, decisero da quel momento in poi di scegliere per la nomina del capo assoluto solo discendenti femmine della sua linea famigliare, in base all'età raggiunta, e toccò a Solla.

Solla era molto tradizionalista, ottusa e testarda, e le innovazioni introdotte durante il 'regno' di Zu erano troppo progressiste per essere da lei comprese, ma le lasciò invariate perché agli upsiliani piacevano, specialmente ai capi dei clan: si trovavano uguali nella gerarchia e la propria voce aveva lo stesso valore per tutti; inoltre avevano gli stessi diritti e le stesse porzioni di carne.

L'ultimo ordine di Zu, prima di andare via portando con sé Y, era stato quello di inserire nelle successive generazioni degli alleli delle emozioni, che sarebbero dovuti servire agli upsiliani per integrarsi in modo migliore nel nuovo mondo. Era molto probabile, infatti, che lì già abitassero delle loro sorelle, che spartivano il pianeta con i nativi. Ma il nuovo capo non condivideva quell'idea, considerandola come effetto della ovvia pazzia di Zu, e il primo passo che fece fu di annullare quell'ordine. Permise però agli ikigiani di entrare in contatto tramite la loro mente, per avere aiuto su come sbarazzarsi del gene o degli alleli danneggiati - non era molto ferrata nella materia - come da sempre cercavano di fare gli upsiliani. Il suo braccio destro che, come ai tempi di Zu, rimase Pawa, discendente dalla stessa sua linea genetica, però molto più giovane di lei, mantenne la lealtà e fedeltà al suo vecchio capo, nutrendo profondi dubbi sulla sua pazzia. La conosceva fin da piccola e, anche se ultimamente i suoi comportamenti erano diversi e a volte inspiegabili, Pawa non aveva alcuna esitazione nell'accettarli come giusti e ragionati, ma trovandosi sola con quella sua ipotesi, non ne parlò con nessuno. Solamente svariati giorni dopo la sparizione di Zu si confidò con il 'suo' ikigiano che, forse non per puro caso, si chiamava Y111. Con lui Pawa poteva essere sincera, almeno nei suoi pensieri, intuiva di potersi fidare e, osservando come gli altri trentacinque rappresentanti delle famiglie si stavano organizzando sul da farsi per eliminare definitivamente i geni danneggiati, che invece secondo Zu dovevano essere protetti, si sentì impotente.

Spontaneamente si formò il consiglio dei trentacinque capi, una specie di 'governo' molto primitivo mai esistito prima nella loro struttura sociale, e gli upsiliani, con il passare del tempo, notarono che quella organizzazione funzionava meglio. Si riunivano molto più spesso di prima e ormai per motivi ben diversi da quelli collegati alla divisione dei maschi. Liberandosi di questo 'peso', che nel passato occupava costantemente le loro teste, gli venivano delle idee su come poter migliorare la loro vita, ragionavano e discutevano su vari argomenti, presentando dopo al capo alcune loro proposte, perché comunque l'ultima parola era sempre la sua. Questo ordinamento sembrava molto più efficace di quello precedente e decisero di mantenerlo anche una volta arrivati sulla Terra.

Y111, nato da Y prima della sua partenza, si era trovato nella mente di Pawa in seguito a eventi del tutto casuali e non trovava pace per la decisione degli upsiliani di sbarazzarsi definitivamente delle emozioni; si rendeva conto che non erano coscienti del problema che stavano per creare. I portatori di quegli alleli erano i famigliari, anche lontani, di Zu e nessuno, oltre gli ikigiani, sapeva, né immaginava, che quella linea genetica fosse fortemente contaminata dalle emozioni nello stato ibernato e lui li implorò di non rivelare questo fatto ai 'loro' upsiliani, dopo avergli mostrato la memoria personale di Y. Gli ikigiani avevano 'vissuto' le emozioni forti che Y percepiva mentre la 'sua' femmina, il capo precedente Zu, soffriva, gioiva e agiva in base a quei sentimenti. Quello che era cambiato nella società del suo popolo risultava strettamente legato alle sue emozioni personali. Avere emozioni avrebbe fatto la differenza per l'intera specie, avrebbe trasformato gli upsiliani nel profondo. Per gli ikigiani ciò fu una vera scoperta, dato che non avevano mai vissuto nella mente di una upsiliana emotiva, quell'informazione era accuratamente depositata nella memoria di base comune: nessuno di loro poteva immaginare una tale influenza delle emozioni sull'agire di un essere. Però nemmeno questo aiutò Y111 a indurli a seguire i consigli di Y e Zu e a non cancellare gli ultimi alleli ibernati, responsabili dell'emotività, dalla genetica di quel popolo. Per loro era ininfluente il futuro degli upsiliani, non comprendevano nemmeno i concetti base degli obiettivi che gli esseri cercavano di raggiungere, dunque togliere o inserire quegli alleli non faceva per loro alcuna differenza, quello che veramente contava per i piccoli geni era la percezione di essere importanti e sentirsi indispensabili, dimostrando con orgoglio le proprie capacità alla specie che aveva donato loro la vita.

Dalla disperazione e per la stessa sensazione di impotenza che provava la 'sua' femmina, Y111 raccontò tutto ciò che sapeva a Pawa e le spiegò il perché quegli alleli avevano una immensa importanza per il suo popolo, anche se loro non ne avevano alcuna consapevolezza. Nemmeno insieme Pawa e Y111 poterono cambiare le cose e gli restava solo osservare come gli upsiliani si distruggevano con le proprie mani.

Nelle ultime settimane quasi tutte le scienziate e i responsabili delle altre attività importanti all'interno della nave avevano un ikigiano nella propria mente, con il quale comunicavano e spesso si consigliavano. Era stato semplice abituarsi alla silenziosa presenza dei piccoli geni, in ogni momento pronti a fare compagnia agli upsiliani. Solitari per natura e, in seguito, per la precedente struttura della loro società, gli esseri ben presto apprezzarono il piacere di avere qualcuno che si interessava a loro. Era insolito ma incantevole non trovarsi più da soli e avere sempre un ikigiano accanto con il quale condividere i propri pensieri o le proprie preoccupazioni o semplicemente scambiare due parole.

Gli ikigiani continuarono a collaborare e in pochi giorni trovarono gli alleli ibernati, li tolsero del tutto dalla genetica, guadagnando così ancora di più il rispetto delle scienziate, che da secoli non erano riuscite a fare ciò che quei piccoli organismi realizzarono così in fretta.

In pochi mesi di comunicazione, tra alcune 'coppie' di upsiliani e ikigiani nacque una stretta amicizia che si trasformò in un legame simile a una simbiosi. Purtroppo, la maggioranza degli upsiliani non sapeva niente sul muschio colorato e lo considerava comunque inferiore per la sua diversità. Non gli interessava cosa fosse veramente, come erano fatti gli ikigiani o i loro desideri, li reputava come un comodo e utile miglioramento del proprio corpo, provava ancora un po' di timore davanti a quella sconosciuta e imprevedibile forma di vita, anche se si era rivelata molto utile per la sua capacità di manipolare il DNA, e si accontentavano di non avere più come nemici quegli organismi.

Trecento upsiliane, che si erano trovate a viaggiare con gli ikigiani nella stessa nave, grazie alla partenogenesi si scoprirono ai primi stadi della gravidanza, e chiesero ai capi dei loro clan di avere degli ikigiani per sapere il sesso della loro prole. Ai piccoli genetisti questa richiesta non pesava, anzi erano curiosi pure loro di esaminare le menti diverse e avere una più profonda conoscenza della specie, mettendo le 'mani' sui loro embrioni.

Sfortunatamente i futuri nascituri erano tutte femmine e questo fu un duro colpo per tutti. Più degli altri si disperò Solla: non potevano arrivare nel nuovo mondo, già colonizzato dalle loro sorelle, con quel numero ridicolo di maschi che avevano.

Di sicuro i primi colonizzatori della Terra avevano istituito la vecchia struttura sociale, e al popolo di Solla sarebbero stati concessi microscopici territori, dove avrebbero dovuto continuare a cibarsi con gli animali degli allevamenti.

Avevano fatto enormi sacrifici per raggiungere Ikigai e vivere una vita degna e tranquilla, ma era stato un disastro: il pianeta si era rivelato vuoto, senza alcun animale da cacciare e in più pieno di quell'orrido muschio. Non potevano più fallire, erano gli ultimi sopravvissuti della loro antica specie e toccava loro finalmente una vita rispettosa.

Radunò un consiglio con gli altri capi dei clan per ragionare insieme su cosa potessero fare. Erano presenti anche i 'loro' ikigiani e non gli sfuggì che l'unica soluzione che trovarono gli esseri fu usare nuovamente le loro capacità di genetisti. Si sentivano orgogliosi e ormai quasi indispensabili per l'antica specie. Gli upsiliani molto spesso dimenticavano di averli sempre nella propria mente e che i loro pensieri li veniva a conoscere tutta l'enorme colonia dei piccoli modellatori.

Solla, non sapendo nulla degli invisibili modificatori della genetica, tanto meno se avevano qualche specie di struttura sociale o gerarchia, si rivolse al 'suo', dando per scontata la sua ubbidienza, come avrebbe fatto con gli *uploidi*, dicendogli che gli ikigiani avrebbero dovuto influire sugli embrioni, trasformandoli in maschi, se non era già troppo tardi. Loro sapevano di quella necessità, visto che avevano partecipato alla riunione del consiglio, e in quel momento ne discussero con Y111. Lui continuava a insistere di non intervenire più nella genetica upsiliana, perché ogni loro ingerenza gli addossava la responsabilità non solo degli esemplari sulla nave, ma anche del futuro della colonia che si trovava sulla Terra e di quella vita nativa, chiamata 'umano'. Solla non comprendeva le conseguenze politiche che poteva provocare ogni intervento, tra l'altro non aveva, e non avrebbe mai avuto, un vero rapporto di rispetto e amicizia con gli ikigiani: purtroppo non era in grado di percepire alcuna emozione, era chiusa e ignorante, oltre a essere altezzosa, e li considerava come un semplice strumento. Non si sarebbe mai consultata con loro e questo non permetteva di creare dei buoni rapporti tra le due specie.

Dopo l'ordine di Solla, che confermava il discorso di Y111, tra i piccoli costruttori scoppiò un vero baccano, generando forti onde elettromagnetiche e danneggiando nuovamente il funzionamento del computer di navigazione. Le loro voci si divisero per la prima volta dalla loro esistenza: alcuni stavano discutendo la possibilità di un intervento sulla genetica dell'embrione, trovandolo molto utile per delle nuove scoperte sul DNA dell'antica specie, altri concordavano con Y111, capendo finalmente di cosa stesse parlando, e rifiutavano di accollarsi tale responsabilità.

"Perché non possono lavorare in silenzio, stupidi esseri, stanno facendo di nuovo a pezzi tutta la strumentazione di navigazione della nave, ci vorranno delle ore per ripristinare tutto!" si arrabbiò Solla e chiamò il capitano della nave. "Il muschio ha bloccato nuovamente il computer, maledizione!"

Appena sentirono le sirene di avaria, a tutta la colonia di piccoli moderatori della genetica si trasmisero in un lampo i pensieri del capo tramite il 'suo' ikigiano, e l'attiva discussione tra loro cessò di colpo: ritornarono a essere uniti come prima, tutti avevano percepito il profondo disprezzo, la superbia e l'irriverenza che Solla provava per loro, e si sentirono ingannati e furiosi.

"E non solo lei, la maggioranza prova verso di noi lo stesso, a eccezione delle scienziate e di alcuni upsiliani più studiosi, alcuni provano anche paura, ma forse Solla un po' di più" intervenne Y111 interrompendo il silenzio dei suoi fratelli. "Ci avevo provato a farvi ragionare prima: non hanno le emozioni, non possono volere bene a qualcuno oltre a se stessi e non è colpa loro. Vogliono restare in questo modo, convinti di agire per il meglio, e adesso, non avendo nemmeno alleli ibernati grazie a noi, questa colonia resterà così per sempre. Sul pianeta dove stanno andando vive un organismo in possesso di sentimenti ipersviluppati, e la colonizzazione di quel mondo da parte di questi upsiliani è destinata al fallimento. Dobbiamo prenderci una parte di responsabilità: se non fosse stato per il nostro intervento loro potevano avere una piccola opportunità di sopravvivere. Adesso noi siamo l'unico strumento che potrà aiutarli temporalmente, facendo nascere quei maschi dei quali hanno bisogno, nonostante ciò non risolveranno i loro problemi. E noi comunque rimarremo per loro sempre e solo uno strumento, niente di più. Vi dicevo di ascoltare Y e non eliminare ma, al contrario, sbloccare i geni responsabili delle emozioni nella loro genetica; lui e Zu avevano ragione: senza provarle rimarranno esseri separati, una società dove ognuno vive solo per se stesso e non prova niente per gli altri, neanche per il suo stesso popolo.

Hanno disegnato il proprio destino, decidendo di rimanere freddi e distaccati. Questo poteva funzionare migliaia d'anni fa sul loro pianeta d'origine, adesso li porterà all'estinzione. Possiamo intervenire sulla loro genetica, ma non possiamo cambiare le loro convinzioni. Se faremo nascere trecento maschi, gli upsiliani, che condividono già con gli indigeni della Terra il mondo dove siamo diretti, saranno sottomessi da questi nostri upsiliani e cacciati via dalle loro terre: sicuramente non possiedono molti esemplari di maschi, e a loro volta inizieranno una guerra contro l'organismo nativo intelligente, che adesso condivide con loro quel mondo, per prendere altre terre. Io sono sicuro che entrambi i gruppi degli upsiliani perderanno in quella guerra, senza avere qualcosa di importante che li spinga a lottare, come l'amore per un altro essere. Vi ricordate che volevamo conoscere e scoprire come era fatto il nativo della Terra? Perché ci siamo messi in viaggio? Non per soddisfare ogni desiderio degli upsiliani, ormai destinati all'estinzione, ma per conoscere mondi nuovi e nuove vite. Siamo un popolo indipendente, lo avete scordato? Se faremo tutto quello che chiedono ci trasformeremo definitivamente in un organismo che serve un altro organismo-padrone, come quei batteri che hanno nell'intestino che li aiutano a digerire! Loro non sono i nostri padroni e non lo sono mai stati! Hanno partecipato alla nostra creazione e per questo volevamo che diventassero nostri amici, ma fino adesso non hanno fatto niente nemmeno per conoscerci, non sanno nulla di noi e ormai non lo sapranno nemmeno in futuro... Vi ricordate come sono fuggiti da Ikigai per paura delle nostre capacità che adesso stanno usando? Ora cosa pensate di fare?" parlò agitatissimo e a lungo Y111 con i suoi fratelli, dandogli molto da pensare.

Pawa gli aveva spiegato per quale motivo agli upsiliani servissero tutti quei maschi, cosa sarebbe successo una volta arrivati sulla Terra e gli aveva confermato la considerazione che il suo popolo aveva di loro. Dopo una lunga pausa di riflessione, forse un giorno o forse dieci, si riaccese la comunicazione; questa volta non parlavano tutti insieme, ma una famiglia letterale alla volta, per non danneggiare il navigatore della nave, e U676 con tutti i suoi esponenti contestarono ogni parola detta da Y111: "Volevamo entrare in contatto e adesso stiamo comunicando, volevamo confermare la nostra esistenza e mostrare loro le nostre capacità e anche questo lo abbiamo fatto; trasformare tutti gli embrioni in maschi sarà un un'altra conferma della nostra importanza! Non è quello che volevamo?"

"No, U676, noi non volevamo questo! Vai a vedere negli archivi della nostra memoria! Volevamo che notassero la nostra esistenza come un popolo pari a loro e ci apprezzassero per quello che siamo. Questo non accadrà mai su questa colonia con gli alleli responsabili delle emozioni eliminate dalla loro genetica, ma oltretutto volevamo conoscere altri mondi, altre forme di vita organica e per questo adesso ci troviamo a bordo di questa nave, per arrivare su un altro mondo e studiare tutto ciò che troveremo. Non era nei nostri piani interferire nella vita politica e sociale degli esseri e diventare il loro bellissimo strumento 'cambio-genetica'! Se non mi credi, fai una accurata ricerca negli archivi della memoria. Noi non siamo qui come una loro appendice, però è quello che stiamo diventando. Pensateci sopra, non dobbiamo fare l'errore e diventare per sempre una parte di loro, come quel batterio intestinale" li contraddisse Y111, parecchio innervosito e arrabbiato. C'era in lui qualcosa di simile al vecchio K111- Y, e alcuni ikigiani sospettarono che fosse stato modellato di proposito in questo modo e lasciato sulla nave come riserva del 'precedente folle', che aveva sconvolto tutta la loro esistenza ma del quale si fidavano.

U676 e i suoi innumerevoli cloni-esponenti già stavano rovistando nella memoria per trovare qualche informazione che permettesse di smentirlo, eppure sembrava che Y111 avesse ragione. Però non era conveniente per il loro popolo rifiutare la richiesta di Solla: avevano libero accesso alle serre per avere la fotosintesi a volontà e lei poteva impedirgli di entrare, quindi arrivarono alla conclusione di modificare solo centocinquanta embrioni, dicendo che per gli altri era già passato il tempo utile di intervento.

Dopo aver concordato tra loro la modalità di azione, comunicarono agli esseri che sarebbero intervenuti con la modifica del sesso dei loro embrioni e Solla fu contenta e fiera di sé, immaginando già di avere tra le mani trecento maschi neonati e diede il permesso agli ikigiani di iniziare il lavoro. Quel numero di maschi in più per la loro società sarebbe stato un vero dono, gli avrebbe procurato il diritto di occupare dei territori più ampi e migliori nel nuovo mondo. Sarebbe stato necessario però mantenere segreto quell'intervento fatto dai microrganismi e la loro esistenza in generale, una volta atterrati. Il 'suo' ikigiano, ascoltando quei ragionamenti, riferì agli altri che Y111 aveva comunque ragione su tutto: gli esseri avevano in mente solo di approfittare delle loro capacità, nascondendo addirittura la loro esistenza al popolo che viveva nell'altro mondo. I piccoli modulatori genetici si sentirono ingannati, la loro limpida mentalità non contemplava quei 'giochi', essendo puri e aperti non capivano cosa sarebbe servito ancora agli upsiliani, oltre quello che già avevano, per ritenersi soddisfatti?

"La paura di non ottenere una vita adeguata nell'altro mondo li spinge a comportarsi così. Mi ha spiegato la 'mia' femmina, ho un ottimo rapporto con lei. Un mio clone ha scavato a fondo nella sua genetica e lei possiede alcuni alleli delle emozioni ben congelati, ma anche in quello stato è un po' diversa dagli altri, nonostante non se ne renda conto. Facciamo quello che chiedono, a modo nostro. Oltre i maschi cosa potrebbero ancora volere da noi?" disse Y111.

L'intervento con gli embrioni andò a buon fine, anche se rese furiosa Solla che già immaginava un suo arrivo trionfale sul nuovo pianeta con più di trecentottanta maschi, ma dopo aver parlato con il 'suo' ikigiano e aver scoperto la possibilità di modificare il sesso solo della metà, richiamò il consiglio per trovare un altro piano, questa volta più sicuro, su come impossessarsi di più terreni. C'era anche Pawa, essendo il suo braccio destro e da poco incaricata della comunicazione con il muschio colorato. La stessa Pawa, senza volere, diede ingenuamente una nuova idea per colonizzare meglio la Terra: "Spero che vi ricordiate tutti il motivo per il quale due navi-città, destinate ad andare su quel pianeta, tardarono la loro partenza: l'Intelligenza Artificiale che lo osservava consigliò di aspettare, perché gli esseri nativi, sviluppati dal nostro DNA ma evoluti molto diversamente in una specie troppo emotiva e aggressiva, si stavano all'epoca ammazzando tra loro. Potrebbe darsi che siano veramente svaniti, che non esistano più, e lo spazio basterà per tutti senza preoccuparsi inutilmente? Ma anche se sono sopravvissute, le nostre sorelle in qualche modo stanno condividendo con loro quel pianeta, quindi io credo che troveranno un posto anche per noi."

"Tu credi che le nostre sorelle vorranno rinunciare ai loro spazi per noi? Dovresti farti controllare da un dottore, Pawa, stai forse andando fuori di testa. Nessuno cede mai i propri territori, dove hai sentito una tale assurdità: gli spazi vitali o si guadagnano in base al numero dei maschi o si prendono quelli che ci sono disponibili. A proposito di prendere il disponibile: mi è venuta un'idea! Se quell'altra specie ancora esiste, li prendiamo da loro!"

"In che modo, Solla, li prendiamo? L'intelligenza artificiale ha osservato per millenni lo sviluppo dei nativi e disse molto chiaramente che erano troppo emotivi e aggressivi, addirittura da ammazzarsi tra loro. Tu come pensi di lottarci e conquistare i loro territori vitali? Li vorresti graffiare per caso e prendere a morsi? Abbiamo sei mitra nucleari e i nostri artigli contro di loro" ribatté Pawa, infuriandosi per la stupidità e arroganza di Solla.

"Noi non dovremmo lottare, chi ha parlato di una lotta!? Abbiamo una super arma che non possiede nessuno nell'Universo: i microorganismi! Loro modificheranno per noi il DNA dei nativi, rendendoli sterili! Entro ottanta anni non esisterà nemmeno uno di loro e noi occuperemo tranquillamente tutti i loro territori" rispose orgogliosa di sé Solla e gli altri trentacinque partecipanti del consiglio furono molto entusiasti di questa semplice ed efficace soluzione.

Pawa si sentì letteralmente paralizzata e la voce di Y111 nella sua mente le consigliava di imitare gli altri: la sua non era una reazione adeguata e iniziava a dare nell'occhio, facendole cambiare leggermente il colore, mentre guardava il proprio corpo spaventata.

Invece Y111 era ben presente e comunicò velocemente a tutti gli ikigiani di non dare alcuna risposta a quella proposta: "Tacete! Dobbiamo prima parlare tra noi, ci vediamo più tardi nella serra, adesso tacete e pensateci bene."

"Sì, certo" gli arrivarono delle risposte e lui si sbrigò a calmare ulteriormente Pawa. "Stai tranquilla, ho già avvertito gli altri di non dare alcuna risposta per questa assurda trovata degli upsiliani. Più tardi parliamo tutti insieme e ti racconterò" disse alla femmina, sentendola rilassarsi.

"Ma come è possibile avere un'idea simile! Ammazzare un'intera specie intelligente per possedere dei territori…" pensò lei, sapendo che solamente Y111 la sentiva.

"Questa è la conseguenza dell'assenza delle emozioni, Pawa. Non hanno alcuna colpa, sono fatti in questo modo. Non ti spaventare, ma tu alcune volte le provi, come adesso. Tutta la linea di Zu è portatrice degli alleli congelati, responsabili delle emozioni. Adesso a bordo di entrambe le navi siete rimasti come possessori di quegli alleli tu, la figlia di Zu e Solla, che per qualche ragione li ha più silenti, oltre a provare rabbia o paura. Zu non è impazzita, è entrata in consapevolezza e pieno possesso delle proprie emozioni, le ha vissute e accettate, e la sua visione del mondo è cambiata completamente, per questo è tornata su Ikigai, nella colonia abbandonata dei divergenti" le confidò Y111.

Per Pawa questa confessione si rivelò un vero shock; dandosi improvvisamente ammalata, uscì in fretta e corse lungo il corridoio verso l'ascensore per recarsi nella propria cabina.

Nel frattempo, Solla e il suo consiglio cercavano di entrare in contatto con i 'propri' ikigiani per risolvere immediatamente la questione degli indigeni della Terra e avere la conferma che sarebbero intervenuti nella genetica dei nativi. Nessuno dei presenti sul ponte, dove avevano creato un'area per le riunioni, sentiva le voci dei 'propri' ospiti e questo fece pensare a tutti la stessa cosa: i piccoli microrganismi per qualche motivo li avevano abbandonati. Gli upsiliani nemmeno in quel momento si accorsero di come già avessero bisogno di loro. Non avevano nemmeno considerato un piano di colonizzazione che prevedesse di contare solo sulle proprie forze, così tutti i trentacinque consiglieri si sbrigarono a raggiungere le cabine che occupavano i corpi composti dagli ikigiani, per capire cosa li avesse spinti a quell'allontanamento.

Gli ikigiani si trovarono tutti nella serra, per ricaricarsi di energia attraverso potenti lampade solari - installate di proposito per far crescere i cereali - e ascoltare cosa avesse da dire Y111. Discussero della richiesta che sarebbe arrivata da un minuto all'altro sull'interferire nella genetica degli esseri nativi del nuovo mondo, modificandola. Gli upsiliani non si rendevano conto che per fare ciò il muschio colorato per primo doveva conoscere bene quella genetica e gli ci voleva del tempo, quanto non erano in grado di quantificarlo nemmeno loro stessi. Poteva essere un anno come dieci, rispetto all'orologio degli esseri.

Nella mente degli upsiliani i nativi della Terra erano molto simili a loro, per come percepivano i piccoli modificatori: possedevano le mani, le gambe, la testa e gli organi di senso, in più avevano una vasta gamma di emozioni, che dal punto di vista dell'AI li stava soltanto danneggiando. Sempre tramite la mente degli upsiliani, sapevano che il pianeta godeva di tantissime altre forme di vita sviluppata e quegli esemplari, che possedevano una intelligenza primitiva, si chiamavano animali. Così, oltre i nativi intelligenti e coscienti di esistere, c'era un intero mondo da esplorare. Quindi, la richiesta, che sarebbe arrivata a momenti, di modificare la genetica dell'indigeno della Terra per non farlo più riprodurre in sé non gravava sui piani degli ikigiani. Avrebbero avuto tutto il tempo che gli sarebbe servito per conoscerli prima che quella specie si estinguesse, imparare tutto di loro e immagazzinare le scoperte nel loro archivio di memoria. I curiosi costruttori e modificatori sapevano di essere in grado di accontentare gli upsiliani e anche Y111 non vedeva alcun male nell'accettare quella richiesta, ma Pawa non smetteva di spiegare per quale motivo non dovessero farlo: la vita era pregiata e intoccabile, anche se Y111 aveva serie difficoltà a comprenderne il perché e pensava: "Non sparisce quella vita perché viene immagazzinata per l'eternità nella nostra infallibile memoria."

"È completamente folle il piano di Solla, Y111! Come faccio a spiegarti meglio se neanche il mio popolo capisce... la vostra logica è perfetta, ma c'è qualcosa oltre la logica, è un qualcosa che bisogna sentire... ogni vita è unica nel suo genere e solo per questo ha il diritto di esistere, che è fondamentalmente diverso dall'essere conservata nella memoria! Se farete quello che vi chiederanno le mie sorelle, in tutto l'Universo non esisterà più niente di uguale a quei nativi, tra l'altro possessori di una rara intelligenza cosciente come voi e noi! I responsabili della loro sparizione sarete voi! Sì, capisco che la vostra memoria conserverà tutto, ma essere conservati nella memoria ed esistere è diverso! E come se qualche sconosciuto, per motivi propri, decidesse di metter fine alla vostra possibilità di clonarvi, facendovi sparire per sempre e lasciando solamente la traccia di voi nella sua memoria. Voi siete migliori di noi, degli upsiliani, e spero che tu riuscirai a comprendere quello che ti sto dicendo e spiegarlo agli altri..."

Dopo questo esempio Y111 intuì cosa intendesse Pawa e riportò i suoi pensieri ad altri, ma non comprese appieno il concetto: era convinto che l'esistenza fisica e nella memoria fosse la stessa cosa, non riusciva a notare la differenza, perché dalla fonte della memoria si poteva ricostruire qualsiasi cosa.

Gli ikigiani avevano già una risposta, quando nella serra entrò un gruppo di femmine preoccupate e altrettanto infuriate.

"Siete usciti dalle nostre menti? Per quale motivo?" parlò Solla per conto di tutte, ma gli ikigiani, grazie all'esempio di Pawa, avevano appena scoperto un modo differente di considerare una cellula viva da quella memorizzata, assegnando un valore diverso a 'conoscere' e 'memorizzare', e finalmente conobbero anche il concetto difficile di responsabilità, quindi ignorarono le femmine in collera, decisi ad agire a modo proprio.

"Se non ritornerete e non ci aiuterete con i nostri progetti, negherò a tutti quanti l'accesso qui dentro, morirete di fame, e questo non è una semplice minaccia! Abbandonarci così non è leale nei nostri confronti! Vi dobbiamo chiedere una cosa di vitale importanza da fare" disse inizialmente con una voce arrogante Solla, abbassando dopo un po' il tono: si fece sentire il timore che aveva ancora nei confronti degli ikigiani.

"Non possono minacciarvi, ricordatevi che anche noi possiamo rimanere senza cibo, se voi intervenite nuovamente sugli animali dell'allevamento!" pensò Pawa andando in aiuto degli ikigiani, dopo che Y111 le spiegò cosa stava succedendo nella serra.

"Anche questo è vero… Voglio essere sincero con te: abbiamo compreso la differenza di cosa stavi dicendo riguardo a 'essere vivi' o 'essere conservati nella memoria', però per noi non esiste questa differenza: dalla informazioni immagazzinate nel nostro database è semplicissimo ricreare un essere, come abbiamo fatto con i vostri corpi, e quindi non vediamo nulla di male nella loro richiesta, ma mi fido di te. Ci sono troppi concetti che non comprendiamo del vostro modello di pensiero e questo deve essere un altro di quelli. Quindi, diremo che faremo quello che vogliono, per non scatenare una guerra a bordo della nave, però una volta sulla Terra faremo a modo nostro."

Pawa si calmò e smise di piangere, ciò che stava facendo ininterrottamente nell'ultima mezzora, e disse a Y111 quanto fossero fantastici gli ikigiani!

Si tranquillizzò anche Solla nell'udire finalmente la voce del 'suo' ikigiano che le annunciava che avrebbero accettato la loro richiesta. Non seppe però che avevano deciso anche di studiare più scrupolosamente le loro cellule cerebrali: era logico che se erano in grado di sentire i pensieri degli upsiliani, era probabile - creando qualche collegamento particolare in qualche zona specifica e usando delle cellule appropriate - che avrebbero potuto anche influire sulla loro mente. Esistevano tante zone con funzionalità differenti nel loro cervello, bisognava solo studiarlo meglio per trovare il modo di condizionare gli upsiliani! A quell'impresa li portò sempre Y111, che non si dava mai per vinto: "Un giorno, quando tutto sulla Terra sarà scoperto, studiato e conservato nel nostro archivio, dovremmo anche tornare a casa! Così potremmo usare gli stessi upsiliani per guidare una di queste navi, quindi dovremo non solo conoscere ma anche padroneggiare la loro mente" disse lui, proiettando nuovi obiettivi per i piccoli curiosi.

Promisero a Solla che, una volta arrivati sul pianeta, si sarebbero occupati in primo luogo della genetica dei nativi, ma potevano fare molte cose contemporaneamente, clonandosi a dismisura. Non raccontò nulla a Pawa del nuovo lavoro che avevano deciso e già avevano iniziato a fare gli ikigiani, perché di certo non sarebbe stata d'accordo con lui. Provava vergogna per il suo popolo e diventò estremamente sensibile, come a sua volta aveva iniziato a sentirsi Zu prima di scoprire tutte le emozioni esistenti, mentre Y111 cercava di rasserenarla e proteggerla dalle sue sorelle, ormai frigide per sempre, in ogni modo possibile.

"Pawa, non ti preoccupare di niente, penseremo noi ikigiani a tutto. Non abbiamo nessun timore di Solla o di qualcun altro, e a te vogliamo bene in particolar modo! Un giorno, dopo aver goduto del nuovo mondo e aver conosciuto tutto quello che ha da offrire, torneremo su Ikigai e, se vorrai e se sarai ancora viva, potrai venire anche tu con noi."

"Certo che vengo con voi! Voglio vivere con i divergenti e Zu!" Pawa si riempì della speranza che un giorno la sua vita sarebbe cambiata come quella di Beru, Zu e gli altri, rifiutandosi di ragionare in profondità sulle promesse di Y111. "Quanto tempo vi servirà?"

"Questa è una di quelle domande alle quali non ti posso dare una risposta, nemmeno approssimativa. Lo sai che non percepiamo il tempo" le rispose Z111, ma lei si sentiva ugualmente felice.

Visto che il computer di navigazione aveva smesso di funzionare più volte durante gli ultimi mesi a causa dell'elettromagnetismo provocato dalla comunicazione troppo vivace degli ikigiani, cambiando la rotta e portando entrambe le navi a 30° fuori dalla destinazione, il viaggio durò quasi diciannove mesi, invece dei quattordici previsti, e nel frattempo nacquero i centocinquanta maschi così tanto desiderati.

Solla, rispettando le innovazioni introdotte allora da Zu, li distribuì tra i clan in modo omogeneo. La parità unì molto di più le linee familiari, non avendo motivo di scontri e competizioni. In quel modo tutti i trentacinque clan avevano un numero uguale di maschi e arrivarono nella Via Lattea, nei paraggi del bellissimo pianeta azzurro, pronti per la divisione dei territori.

Gli ikigiani guardarono ipnotizzati negli oblò delle cabine un mondo completamente differente dal loro. Era blu accecante, con enormi macchie verdi estese e alcune chiazze bianche. Non vedevano l'ora di scoprire di cosa si trattasse. Il loro oceano, guardandolo dall'alto, era verde e tutta l'altra superficie risultava grigia. Non riuscivano a immaginare cosa potesse essere quel blu così meraviglioso e di cosa fossero fatte quelle chiazze del pianeta colorate di bianco. Come era fatta la terra su quale avrebbero dovuto vivere? Attorno al pianeta giravano i satelliti artificiali e gli upsiliani capirono subito il livello di sviluppo tecnologico raggiunto dai nativi, cercando di rimanere appartati per non essere rilevati in anticipo: volevano prima fare la scansione della superficie, per non trovarsi impreparati. Le immagini che arrivarono dal loro scanner mostrarono la parte notturna del pianeta ricoperta da milioni di piccole luci accese, confermando che il pianeta era popolatissimo di una super-intelligenza, ma il livello di radiofrequenza ed elettromagnetico quasi inesistente diceva tutto il contrario. Non riuscendo a capire bene la situazione, Solla decise tentare nuovamente di entrare in contatto con le navi-colonizzatrici delle loro sorelle 'terrestri' e ci riuscì.

Gli upsiliani 'terrestri' furono contenti di scoprire che entrambe le navi, partite anni prima verso la Nube di Magellano per raggiungere Ikigai, non erano scomparse, come loro avevano pensato, ma avevano avuto solamente qualche problema nel sistema di collegamento. Solla annunciò subito che avevano con sé duecentotrenta maschi, anche se la maggioranza non era ancora riproduttiva, sperando di sentirsi dire che erano i benvenuti, invece ricevette una strana comunicazione che superò qualsiasi sua immaginazione: "Siamo molto felici per voi, ma la situazione qui, sul pianeta, è del tutto singolare, non potete atterrare. Abbiamo stretto un patto con gli umani e per il bene di tutti il vostro atterraggio non sembra possibile. Vi mandiamo il patto da leggere, abbiamo anche la traduzione nella nostra lingua fatta dall'AI, non crediamo che potrete scendere. Non ci sono territori da dedicarvi."

Il patto stretto con gli umani riguardava gli upsiliani già presenti sulla Terra e gli concedeva di popolare esclusivamente due grandi continenti, circondati da oceani, per vivere indisturbati a modo loro. Però non prendeva in considerazione la possibilità dell'arrivo di altri, quindi, seguendo la logica, gli upsiliani provenienti da Ikigai potevano scendere su quei due continenti già concessi. Tra l'altro avevano un asso nella manica, una carta imbattibile da giocare - gli ikigiani - e avevano intenzione di utilizzarla, iniziando a usufruirne, se fosse stato indispensabile, contro le proprie sorelle. Bastava una navicella-esploratrice per portare il muschio colorato sulla superficie, ma gli upsiliani della Terra non volevano accettare nemmeno una navetta, per paura di violare il patto e perdere i due bellissimi continenti che gli umani gli avevano regalato. In quel momento l'atterraggio delle navi era sotto un grande punto interrogativo.

Gli upsiliani, sfortunati fondatori delle due specie intelligenti e molto differenti l'una dall'altra, lottavano per la propria sopravvivenza. Il loro destino era inevitabilmente intrecciato con quello degli umani e degli ikigiani, ma il futuro delle tre civiltà è tutta un'altra storia…

*** Collegato con la storia raccontata nella trilogia "Sopravvissuti"

11.11.2020

Questo libro fa parte della serie Sopravvissuti scritta da Tatiana Fomina, composta da 4 romanzi di fantascienza, una trilogia e un libro indipendente collegato alla stessa storia. Ogni libro è autoconclusivo. Attualmente sono stati pubblicati il primo libro della trilogia "Ymani" e il libro indipendente "La Nube di Magellano"

Indice

9 791220 087131